KB116596

2016
내가 뽑은 나의 시 · 시조

## 2016 내가 뽑은 나의 시·시조

—

초판 1쇄   2016년 1월 22일
지은이   신경림·이시영·박철·김일연 외
엮은이   한국작가회의 시분과·시조분과
펴낸이   김영재
펴낸곳   책만드는집

—

주소   서울 마포구 양화로3길 99 (04022)
전화   3142−1585·6
팩스   336−8908
전자우편   chaekjip@naver.com
출판등록   1994년 1월 13일 제10−927호

—

* 잘못 만들어진 책은 구입하신 서점에서 교환해드립니다.

—

ISBN 978−89−7944−560−2 (03810)

—

이 도서의 국립중앙도서관 출판사도서목록(CIP)은 e−CIP
홈페이지(http://www.nl.go.kr/cip.php)에서 이용하실 수 있습니다.
(CIP제어번호 : CIP2015033838)

2016
한국작가회의 시분과 · 시조분과

# 내가 뽑은 나의 시 · 시조

신경림 · 이시영 · 박철 · 김일연 외 지음

책만드는집

# 시

가영심 · 10
강미정 · 11
강민숙 · 12
강병철 · 13
강상기 · 14
강세환 · 15
강영환 · 16
강은교 · 17
강정이 · 19
고영서 · 20
고운기 · 21
고 원 · 22
고재종 · 23
고증식 · 25
고희림 · 26
공광규 · 27
곽구영 · 28
권덕하 · 29
권순자 · 30
권자미 · 32
권태주 · 34
권혁소 · 36
권혁재 · 37
권현형 · 38
권화빈 · 39
금 란 · 40

김경훈 · 41
김경희 · 43
김광철 · 44
김덕우 · 45
김 림 · 46
김명신 · 47
김명인 · 49
김명철 · 51
김사인 · 52
김석교 · 54
김석주 · 55
김 선 · 56
김선규 · 57
김선우 · 58
김선태 · 59
김수목 · 60
김수복 · 62
김수열 · 63
김수정 · 64
김순선 · 65
김시언 · 66
김양희 · 68
김어영 · 69
김연종 · 70
김영미 · 71
김영삼 · 72

김영언 · 73
김 오 · 74
김 완 · 75
김요아킴 · 76
김유미 · 78
김유철 · 80
김윤배 · 81
김윤현 · 82
김윤호 · 83
김윤환 · 84
김응수 · 86
김이삭 · 87
김이하 · 88
김인구 · 89
김인호 · 91
김재석 · 92
김재홍 · 93
김정숙 · 94
김정호 · 95
김정환 · 97
김종원 · 103
김종인 · 105
김진문 · 106
김진수 · 108
김춘리 · 109
김치영 · 111

| | | |
|---|---|---|
| 김태수 · 112 | 박설희 · 149 | 성두현 · 185 |
| 김황흠 · 114 | 박성한 · 151 | 성선경 · 186 |
| 김희정(대전) · 115 | 박수련 · 152 | 성향숙 · 187 |
| 김희정(서울) · 117 | 박순호 · 153 | 손병걸 · 189 |
| 나병춘 · 118 | 박승자 · 154 | 송명숙 · 190 |
| 나숙자 · 119 | 박우담 · 155 | 송명호 · 191 |
| 나종영 · 121 | 박원희 · 156 | 송승태 · 192 |
| 나해철 · 122 | 박이정 · 158 | 송은숙 · 193 |
| 나희덕 · 123 | 박일만 · 159 | 송정섭 · 194 |
| 남효선 · 125 | 박재연 · 161 | 송 진 · 195 |
| 노용무 · 127 | 박재웅 · 162 | 신경림 · 196 |
| 도순태 · 129 | 박정원 · 163 | 신경섭 · 197 |
| 도종환 · 130 | 박제영 · 164 | 신남영 · 199 |
| 라윤영 · 131 | 박종훈 · 165 | 신동원 · 200 |
| 류명선 · 132 | 박 찬 · 166 | 신세훈 · 202 |
| 류인서 · 133 | 박찬세 · 167 | 신용목 · 203 |
| 마선숙 · 134 | 박 철 · 169 | 신윤서 · 205 |
| 문인수 · 135 | 박태호 · 170 | 신현림 · 206 |
| 문창갑 · 136 | 박흥순 · 171 | 신현수 · 207 |
| 문철수 · 137 | 배교윤 · 172 | 안명옥 · 209 |
| 문태준 · 138 | 배재경 · 173 | 안성길 · 210 |
| 민경란 · 139 | 백무산 · 175 | 안영선 · 211 |
| 박경희 · 141 | 복효근 · 177 | 안익수 · 212 |
| 박구경 · 142 | 봉윤숙 · 178 | 양 곡 · 213 |
| 박남준 · 143 | 서수찬 · 179 | 양문규 · 214 |
| 박덕규 · 144 | 서종규 · 181 | 양 원 · 215 |
| 박두규 · 146 | 석여공 · 182 | 양해기 · 217 |
| 박몽구 · 147 | 석연경 · 184 | 엄하경 · 219 |

오명선 · 220

이숙희 · 253

이향지 · 288

오영자 · 221

이순주 · 254

이혜수 · 289

오인태 · 222

이승철 · 255

임술랑 · 290

유 순 · 223

이시영 · 257

임승유 · 291

유순예 · 224

이애정 · 258

임형신 · 293

유진택 · 225

이어진 · 259

장문석 · 294

유현숙 · 226

이언빈 · 260

장석남 · 295

육근상 · 227

이영숙 · 261

장인숙 · 296

윤금아 · 228

이영혜 · 263

장재원 · 297

윤범모 · 229

이원오 · 265

정가일 · 298

윤석홍 · 231

이원준 · 266

정선호 · 299

윤요성 · 232

이월춘 · 267

정성태 · 300

윤임수 · 233

이윤하 · 268

정세훈 · 301

이강산 · 234

이윤학 · 270

정소슬 · 302

이경임 · 235

이은봉 · 271

정안면 · 303

이 권 · 236

이인범 · 272

정완희 · 304

이기영 · 237

이 잠 · 273

정용화 · 305

이다빈 · 238

이재무 · 275

정우영 · 306

이동식 · 239

이정숙 · 276

정원도 · 307

이민숙 · 240

이제향 · 277

정하선 · 308

이병룡 · 241

이종수 · 279

정희성 · 309

이병률 · 243

이종암 · 280

조길성 · 310

이봉환 · 245

이종형 · 281

조덕자 · 311

이상국 · 246

이주희 · 282

조동례 · 312

이상규 · 248

이지호 · 283

조삼현 · 313

이소암 · 249

이진욱 · 285

조성래 · 314

이소율 · 250

이한걸 · 286

조성순 · 315

이수풀 · 252

이한열 · 287

조수옥 · 316

조 숙 · 317
조숙향 · 318
조영욱 · 319
조유리 · 320
조재형 · 321
조 정 · 322
조정애 · 324
주석희 · 325
주영국 · 326
주영헌 · 327
진 란 · 328
진준섭 · 329
차옥혜 · 330
채상근 · 331
채상우 · 332
채정미 · 334
채지원 · 335

천양희 · 336
최기종 · 337
최동문 · 339
최세운 · 340
최승익 · 341
최승철 · 342
최연식 · 343
최영철 · 344
최지인 · 345
최형심 · 346
최형태 · 347
표광소 · 350
표문순 · 352
표성배 · 353
피재현 · 355
하명환 · 356
하승무 · 358

하종오 · 360
한상순 · 362
한성희 · 363
한영수 · 364
한영채 · 366
한우진 · 367
함진원 · 368
허 림 · 369
허종열 · 370
허형만 · 371
호인수 · 372
홍관희 · 373
황구하 · 374
황연진 · 375
황은주 · 377
황정숙 · 378
황학주 · 380

# 시조

강현덕 · 382

구중서 · 383

권갑하 · 384

권영희 · 385

김남규 · 386

김덕남 · 387

김보람 · 388

김복근 · 389

김봉균 · 390

김삼환 · 391

김선희 · 392

김연미 · 393

김영란 · 394

김영재 · 395

김영주 · 396

김윤숭 · 397

김일연 · 398

김정숙 · 399

김진수 · 400

김창근 · 401

김해인 · 402

박권숙 · 404

박기섭 · 405

박명숙 · 406

박성민 · 407

박시교 · 408

박연옥 · 409

박희정 · 410

배경희 · 411

변현상 · 412

서숙희 · 413

서정화 · 414

신강우 · 415

신필영 · 416

염창권 · 417

오영호 · 418

우은숙 · 419

유병옥 · 420

유재영 · 421

윤금초 · 422

이남순 · 423

이달균 · 424

이두의 · 425

이송희 · 426

이승은 · 427

이승현 · 428

이우걸 · 429

이정환 · 430

이태순 · 432

이태정 · 433

임성구 · 434

임채성 · 435

장영춘 · 436

정수자 · 437

정용국 · 438

지성찬 · 439

한기수 · 440

한희정 · 441

홍경희 · 442

홍성란 · 443

홍성운 · 444

시

# 목숨제
― 수술실에서

**가영심**

누가 마지막 한 방울의
생수를 가지고 있는가

한 모금의 생명을 위하여
또 다른 시간의 방에서
내가 기다림으로 울음 울 때
아픔은 신의 최후의 눈물방울

고요의 가슴 강물로 흘러간다
낯선 강물처럼 거울벽은 순간 흔들리고
헌혈을 위해 눕던 그대의 기도마저
하얗게 목마름으로 누워 있는 방

그대가 만드는 운명의 종이꽃을 만지다가 부수다가
한 잎, 한 잎 시간을 불꽃으로 태워가고
아, 이름 모를 영혼의 새 한 마리
나에게서 날아간다.

# 묶인 새*

## 강미정


　어쩌다가, 저 새는 가녀린 제 목을 묶었을까요 묶은 줄에 돌을 매달았을까요 가지런히 두 발을 모으고 돌의 무거움으로 자신을 묶은 저 새는 자목련 그늘 같은 저녁 어스름을 붉게 바라보는 저 새는 비비비쫑쫑 빛나는 메아리 한 줄 긋지 않는 저 새는 다소곳이 앉아 어둔 적막에 길게 목을 뽑은 저 새는 푸드득 날개를 펼치고 재빠르게 날아갈 자신의 가벼움을 꾹꾹 견디는 중일까요 나는 새가 가졌던 묶인 울음을 데리고 마음의 물가에 앉아요 묶인 새를 풀어주고 새장 속에 가만히 앉아요 돌에 묶였던 무거운 울음을 가슴에 가두고 가만히 앉아요 새장에 가두고도 견딜 수 없어서 돌을 매단 사람을 생각하며 가만히 울어요 가지 마 가지 마 불안한 마음이 목을 묶었을까요 사라질까 봐 두려워서 돌을 묶었을까요 묶인 새를 생각하며 가만히 울어요 새의 울음을 빌려 내가 울어요 당신의 무거움에 나도 묶이고 싶었을까요 당신에게 묶이며 나는 당신을 묶었을까요


\* 이중섭 그림.

# 낙화

**강민숙**


떨어진 꽃을 줍는다
꽃의 무게가 무겁다
굽힌 허리가 펴지지 않는다
바람은 무관심이고
떨어진 꽃은 고개를 꺾었다
흔들리는 저울의 눈금
눈물 자국처럼 희미할 뿐
다시 눈금을 그어 무엇하나
매달린 것들은 언제나 강한 것을
강할수록 끌어 내리려는 힘
긴 다림 끝 한순간의 붕괴
꽃은 반드시
제 발등에 묻는다
흙은 그렇게 되돌려 받는다
본래 제 모습대로

# 당뇨관리수첩

강병철

단 한 번도 인간병기 꿈꾸지 못한 사내
바리케이드 제킨 채 부어라 마셔라
빛의 속도로 날린 청춘 그 후
중년의 저물녘쯤 버걱대던 균형
그녀를 노크한 것은 벼랑 끝 출구전략이다
두근두근 첫날밤 알몸의 알약들
조심조심 손톱으로 쪼개 먹다가
차츰차츰 통째로 삼키기도 하다가
구르는 눈덩이 무심히 바라보기도 하다가
흥부네 식구들 마침내 씨근씨근 밥사발 되었다가
늘어진 술병들 옆구리마다 대롱대롱
송곳니 물며 도깨비밥풀로 붙어 다니더니
지금은 면사포 들출 때만 은밀히 보여준다
전사의 쇳소리 빠각빠각 어금니 깨물며
안중근 의사 수첩 넘기는 소리
굴복한 그림자로 그녀 앞에 엎드려 이제사
눈꼬리 바싹 내린다 두 손 비비며

# 방해받는 꿈

## 강상기

북녀가 초청해 평양 어느 아파트에 갔다 그녀는 간편한 잠옷을 걸치고 있었다 한 손에 미사일이 그려진 술병을 들고 또 한 손엔 핵탄이 그려진 잔을 들고 있었다 술병을 나에게 건네며 "친구야. 이 잔에 술을 따라" 술을 따라주자 그녀는 술을 입에 머금고는 나를 와락 껴안더니 내 입속으로 술을 흘려 보냈다 아, 세상에서 가장 달콤한 그 입, 술! 그녀는 그 입술로 물었다 "내 나이 70인데 사랑할 수 있을까?" "그럼 사랑은 나이가 없지" "친구야 너는 그것을 증명할 수 있어?" 나는 그녀를 안아 침대 위에 눕혔다 그녀 몸이 갑자기 불탔다 나는 불을 끄려고 그녀 몸을 덮쳤다 나도 불타고 있었다 뜨겁고 황홀한 순간이었다 이때 어느 큰 손이 내 등을 쳤다 앗! 비명을 지르며 나는 꿈에서 깨었다 아, 꿈조차 방해받으며 살고 있구나!

# 그대와 함께
－방학동 김수영문학관 근처 포장마차에서

**강세환**

누군가와 함께 한 잔씩 걸치고 있었지만
그대와 함께 한 잔씩 걸치고 있었다
깊은 밤 누군가의 집을 지나가듯
깊은 밤 그대의 문학관 앞을 지나갔다
누군가와 함께 포장마차에 들어갔지만
그대와 함께 포장마차에 들어갔었다
누군가 옆에서 한잔하고 있었지만
그대 옆에서 한잔하고 있었다
누군가와 함께 노래를 불렀는데
그대와 함께 노래를 부르고 있었다

－시인 김종삼이 그렇게 싫어했다는데
그대는 왜 사람을 그렇게 뚫어지게 쳐다보았는가
－그대는 무엇을 또 그렇게 뚫고 싶었는가
가식假飾이거나 삼팔선이거나

# 오어지吾魚池 물고기

강영환


여태 네가 살아 있다면
물거울 밖으로 뛰어올라
기슭으로 동그라미 눈을 보내라
끊어진 산길 끝에서 돌아 나와
진달래 핀 물속을 들여다본다
수양버들이 실한 가지를 담그고
너를 낚으려 평생을 몸 굽혀 있지만
여태 들어 올리지 못했구나

뛰어올라라 물 위로
네가 살아서 돌아왔다면
하늘을 숨 쉬는 붉은 아가미를 보자
구룡포 거친 바다 풍경 속에서
허리 지느러미를 쓰다듬고 싶구나
오어지 둑을 타 넘어
동해로 헤쳐 가는 네 등을 타고
구름 속이라도 떠가리다

# 불빛을 위한 연습 Ⅱ

강은교


여기 있네 여기 있네 / 뇌성벽력 치구 / 천지 맞들어 붙는구나 / 애구애
구 올리뛰구 / 애구애구 내리뛰구 / 삼베 소리 한 필 끊어주소 / 무명 속
살 한 필 끊어주소 / 애구애구 올리뛰구 / 애구애구 내리뛰구


그대는 왜 그 불빛을 버리고 갔을까?
너무 환하면 신이 오지 않을 거라 믿었나?
신은 어두운 데로만 소리 안 나게 걷는다고 생각했나?


눈부신 기침 소리를 지나
수많은 계절의 애끓는 손가락을 지나
사랑의 실패를 지나
바람 소리 들리는 무릎을 지나
풀 먹인 황톳빛 삼베 소리를 지나
붉디붉은 팔 황혼에 흔들고 있는 정육점을 지나
낙숫물을 지나
나른한 회전문을 지나
회전문의 배후를 지나
자꾸 끊어지는 시곗줄을 지나
언제나 갈라지는 길, 아, 그 창백한 두 갈래길을 지나


왜 그대는 그 불빛을 버리고 갔을까

운명의 심장들을 지나
샘솟는 임종들을 지나
사방에서 들려오는 무명 속살들의 함성을 지나
서녘 하늘을 쓰다듬는 불운의 옆구리들을 지나
둥그런 기도들을 지나

언젠가 그대는 말했지
불빛은 둥그런 기도야
신은 그리로 둥그렇게 와
오렌지빛 속살의 촛농 속으로 뛰어내려

여기 있네 여기 있네 / 뇌성벽력 치구 / 천지 맛들어 붙는구나 / 애구애구 올리뛰구 / 애구애구 내리뛰구 / 삼베 소리 한 필 끊어주소 / 무명 속살 한 필 끊어주소 / 애구애구 올리뛰구 / 애구애구 내리뛰구

왜 우리는 모두 그 불빛을 버리고 갈까

우리 앞에 삶의 깃발 앞세우고 흐르는 촛농들의 행진을.

# 위선

**강정이**


아름다움을 위하여
아름다운 그림이 되기 위하여
나란히 교회에 갑니다
나란히 쇼파에 앉습니다 TV를 봅니다
카멜레온이 몸 색을 바꾸네요
수련 만나면 연꽃으로
구름 만나면 구름색으로
저 색깔은 카멜레온의 진심인가요
변해야 살아남는 고단한 색인가요
나란히 앉은 채 다른 마음으로 TV를 주시합니다
저런, 놀란 카멜레온이 검게 변하네요
아 저건 슬픔이라는 진실의 색인가요

TV를 끄고 나란히 방으로 흩어집니다

내가 새긴 발자국이 새파랗습니다
그 곁 또 한 발자국 나란히 새파랗습니다
신이여 내일도 나란히를 위하여 나란히 교회로 향하겠습니다
아멘

# 됴화桃花

**고영서**


됴화, 하고 부르면
좋아진다

물큰한 살냄새를 풍기며 애인이
저만치서 다가오는 것만 같고
염문 같고
뜬구름 같은

해서는 안 될 사랑이 있다더냐

농익은 과육의 즙을 흘리며
팔순 노파가 황도를 먹는다
분홍빛 입술 주름이 펼쳐졌다,
오므려지는 사이

공무도하公無渡河
공경도하公竟渡河*

부르면 또 금방이라도
서러워지는 이름

* 공후인.

# 사막의 농구
－고비에서 1

**고운기**


아가씨는 당당하다
쿠빌라이의 등허리를 상상하게 한다, 오후 4시 30분
사막에 다시 바람이 불면
게르의 레스토랑에 맥주를 시켜놓자
아가씨는 당당하게 몽골산 흑맥주를 줄 것이다
오늘은 사막에서 땀 흘리고
고비의 바람을 맞는다
불어와 불어가는 곳 없는
적셔줄 강물도 없어서
초원草原을 한 30km 단위로 빙빙 돌아다니기만 하는
저 심심한 바람이 분명 나를 반가워할 것이다
쿠빌라이 손바닥으로 잔을 붙잡아
아가씨여, 나에게 맥주를 다오
잠시 멈춘 바람을 담아.

# 구호

## 고원


grüß gott und heil 오직
grüß gott und heil 오직
grüß gott und heil 오직
grüß gott und heil 오직
grüß gott und heil 오직
grüß gott und heil 오직
grüß gott und heil 오직
grüß gott und heil 오직
grüß gott und heil o sie!


\* gott 신, grüß gott 독일 남부와 오스트리아 등 가톨릭 문화권의 인사.
\*\* heil hitler 나치, 신나치족의 인사. 'heil hitler'를 'heil 오직'으로 바꿈.
\*\*\* sie 3인칭 여성 인칭대명사, 발음은 '지'. '오직'을 'o sie오지'로 바꿈.

# 息影亭* 쇄사

**고재종**

태양에 집착하면 집착할수록
그림자는 짙어졌지 그림자를 지워본들
나도 몰래 엄습하는 죄의
첩자인 그림자, 순식간에 들켜버리지
나는 아는 게 그리 많지 않아
내 순수한 정액의 탕진과
신랄한 멜랑콜리로 맞받았지, 하지만
악성의 하품 같은 시간의 황사 속
꺼지고 시들고 사라져가는 세계의 퇴락을
내 죽음의 랍비, 그림자와 함께
나마저도 폭로해볼까
뜨건 다이너마이트를 온몸에 두른
자폭 전의 테러리스트처럼
자궁과 무덤의 한 노래를 포효해볼까
태양에 집착하면 집착할수록 짙어지는
마치 물질과도 정신과도 같고,
환락의 밀실을 지하 납골당으로 바꾸는
시간의 집행자인 그림자, 그 집요한
수고의 스토킹을 좀 쉬게 했으면, 하는데
푸르름의 해찰을 둘러친 여기
청풍과 명월의 幽玄을 마셔버린 사람들과
태양이 빛나는 세계의

굳센 고독의 즐거움들을 위해
그림자를 발고하는 세간의 인총들이라면
보아라 피차간을 지워버리는
한 그늘의 식영이러니,
이런 일의 이방인인 구름인들 또 어떠랴

* 전남 담양군 남면 지곡리에 있는 석천 임억령(1496~1568)의 정자.

# 저문다는 것

**고중식**


주변에 얼쩡거리는 파리 한 마리
책장에도 앉았다가
콧등에도 미끄러졌다가
손바닥을 탁 내리쳐 보고
팔을 휘휘 휘둘러도 보지만
이젠 왠지 건성건성
모기 한 마리 파리 한 마리에도
끝장을 보겠다고 달려들던 날들은
어디로 갔나
은은한 긴 그림자 온몸에 지고
느릿느릿 땅벌레 한 마리
저무는 노을 속 물들고 있다

# 오독

**고희림**


책 속 금싸라기,
천재의 언어를 훔치다
형통한 그 기표를
나의 방식으로

가끔 그가 울고 갈 오독도
오독이 정독일 수 있음에
수십 가닥의 신경줄을 끌어당긴다
공명채로 맑은 머리를 흔든다

그러면 눈이 움찔, 뼈 속이 자지러져
넓고 숭고한 하늘과 경계가 연약해지고
다만, 예리하게 확장된 눈만
허공에 밝은 돌처럼 빛난다

내 몸 다른 부분은 겨우 머리 받침대 역할로,
두 발로 땅을 완벽하게 딛고
무게 없는 단단한 무게를 버틴 채
입술을 스치는
신음을 견딘다

# 11월 장항선

**공광규**


용산역에서 출발하는 완행열차가
충청도 말씨를 닮아서 느리다
내리고 타는 사람도 느릿느릿하다
금방이라도 눈이 쏟아질 듯 가깝게 내려앉는 겨울 하늘
창밖에는 아직 지지 않은 나뭇잎들이
시든 풀잎들이
철로를 따라 남쪽으로 내려가고 있다
옆 칸에는 어린 여승 둘이 나란히 앉아 있다
승복도 모자도 재색 구름을 닮았다
서울에서 물건을 한 보따리 사서
시골 토방에 겨우살이 준비를 하러 간다고 한다
무연히 지나가는 평야의 빈 논밭을 내다보고 있는데
새들이 모이를 줍고 있다
집이 없어도 얼어 죽지 않는 새들의 겨우살이가
문득 궁금해지는 초겨울이다

# 헛발질

**곽구영**

대숲공원에서 아이들이 공놀이를 한다

약속이나 한 듯 내 앞으로 굴러 온 공

뻐엉! 찼으나 그대로 나를 통과한 공

아파트 바로 옆으로 고가도로 들어선다 한다

일조권 소음 공동화空洞化니 하며 똑똑한 이들 떠나갔다

주머니에 손 푹 넣고 걷는 태홧강변의 휘파람

우후죽순 십리대숲 소리에 나는 눌러 앉았다

어슬렁 굴러 오는 공에 이번에도 헛발질이다

# 종鐘

**권덕하**


나무둥치 패인 곳에
종을 걸었다

줄을 잡아당기면
나무도 따라 울었다

세월 흘러 나무가
제 몸에 종을 묻고

무성한 열매들만
바람결에 파도 소리 낸다

이제, 속으로 자주
목메는 것은

멀고 먼
한 그루의 그리움

# 괭이갈매기

권순자

폐선이 파도에 출렁거리고
악몽을 건너는 영혼이
근심을 물고 처절히 지느러미질 중이다

기적을 믿는 새
눈보라에 갇혀 어지러운 날갯짓

서러운 소리가 망망 하늘을 헤집고
시퍼렇게 날 선 바람을 헤치고 간다

저항하는 몸짓
바다를 뚫고 구름을 뚫고
내 심장을 뚫고

죽음마저 황홀하게 쓰러뜨릴
서늘한 입김

고통의 등뼈를 부수고
자신의 뼈를 세우는
삶의 응어리

울음까지도 하얗게 눈발로 바꾸는

잠 속의 잠,

수많은 깃털이 몸을 이루고 있었다는 것을
증명하며 사라진
깊은 꿈 하나.

# 아마도 상처

**권자미**


귀를 접고 나는 순해진다

날카로운 유리병 조각 파도에 이끌려 다니며 무던해진다
모래 속에 투명한 보석이 된 후

매일 사랑을 생각한다
조금씩 부서지면서

마모되는 것들은 은은해지는 것

귀는 자란다
시멘트 바닥에 한쪽 귀를 문대는 동안에도 증식하듯

장천을 굴러 굴러 달은
목젖이 새파랗도록 모서리를 깎는데
뾰족하게 자라는 귀 다섯을 접느라
별은 또 별대로 모여 밤마다 자그락거린다는군

파도가 부서진다
부서진다고 사라지는 것은 아니야
우리는 맹세처럼 단단해진다

그는 나를 안을 수 없다
이미 팔이 부서졌으므로

우리는 바다를 내려다보며 눈꽃빙수를 먹을 때
얼음은 얼음을 풀고
유리잔을 말갛게 통과한다

멀리 사람 사는 마을까지 와
바다는 귀를 깎고
기를 꺾고
마침내 둥글어진다

# 통일

**권태주**


1999년 12월 31일 자정이 가까워지자
사람들은 하나둘씩 텔레비전 앞으로 모이기 시작한다.
제야의 종소리
1900년대 마지막이 가는 순간
서울에서 평양에서 부산에서 원산에서
땅끝 마라도에서 중강진 외딴 마을에서
질곡의 천 년을 마무리하기 위해
새 천 년의 시작을 경건하게 맞기 위해
모인다.
휴전선 남북 병사들의 총을 든 손가락에
잠시 전율이 오기 시작한다.
드디어 뎅- 뎅-
2000년 1월 1일 00 : 01
하늘로 솟구치는 불꽃들과 환호성
또 한 세기의 시계는 시작된다.
갑자기 텔레비전의 화면이 바뀌며
화면에 등장한 김대중 대통령과 김정일 주석
– 저희 두 사람은 1999년 12월 31일 직통전화로
조건 없는 남북통일을 합의하였습니다. – 김대중
– 지금부터 우리는 하나입네다. – 김정일
– 2000년 1월 1일 자로 우리는 한 나라이고 실무적 협상은 남북 대표
단에게 일임합니다. 휴전선의 병사들이여. 무기를 내려놓고 지뢰 제거

작업을 시작하기 바랍니다. - 김정일, 김대중 -
　충격과 경악, 끓어오르는 가슴 벅참
　통일이라니, 이것이 현실인가, 꿈인가.
　세계의 기자들이 모여든다.
　한반도 통일, 통일, 통일……
　무선과 팩스, 생방송이 시작된다.
　국민 여러분, 통일은 실제 상황입니다.
　우리의 소원 통일이 이루어진 거야.
　거리거리에 넘쳐나는 단군인의 물결
　터져버린 눈물샘
　신이여, 감사합니다.
　우리 민족을 이렇게 쓰실 줄이야.

　- 나는 이런 시를 1999년 12월에 썼다. 지금은 2015년!!!

# 중학교 선생

**권혁소**


백창우의 동요 〈내 자지〉를
너무 무겁게 가르쳤다고
학부모들에게 고발당했다

늙어서까지 젖을 빠는 건 사내들이 유일하다고
떠도는 진실을 우습게 희롱했다가
여교사들에게 고발당했다

아파트 계단에서 담배 피고 오줌 쌌다는 주민 신고 받고
홧김에 장구채 휘둘렀다가
애한테 고발당했다

자지는 성기로 고쳐 부르겠다
젖 같은 애긴 하지 않겠지만 만약 하게 될 일이 있다면
사람이나 포유동물에게서 분비되는,
새끼의 먹이가 되는 뿌연 빛깔의 액체로 고쳐 말하겠다
그리고 애들 문제는 경찰에 직접 맡기겠다

잘 있어라 나는 간다
수목한계선에 있는 학교여

# 좌측을 잃어버렸다

**권혁재**


차가 달릴수록 우측으로 기운다
일 차로에서 달리던 차는
옆 차선을 침범해 자꾸 이 차선 쪽인
우측으로 기운다
언제부턴가 깨진 좌우의 균형이
차를 우측으로 또 우측으로 달리게 한다
세상의 인심도 우측으로 돌아섰는지
길도 우측으로 내려앉았는지,
멀쩡한 차가 자꾸 우측으로 기운다
우측통행을 하면서부터
좌측을 잃어버린 길
길이 우측으로 기울 때마다
좌측에 매달린 사람들이 출렁인다
좌측에 있던 사람들이 아우성을 지른다
달리는 차마저 길을 잃었는지
불안하게 차선을 들락거린다
우측으로 달리는 차에 몸을 얹고
간당간당하게 중앙선을 건너는
좌측을 잃어버린 사람들,
차가 달릴수록 우측으로 기운다.

# 남의 방에 칫솔을 두고 왔다

**권현형**


나무 사다리가 놓여 있었다
뜨거움을 안다고 말할 수 없는 그때
반지하에서 옥탑까지 지상에서 천국까지
그냥 손장난을 했고 불장난을 했다
함께 책을 태웠고 사다리마저 태웠다

남의 방에 칫솔을 두고 왔다
사랑니를 몽땅 뽑아버려도
사랑이 몽땅 남아 있었다
고민하던 모든 것들이 열두 쌍의
강철 늑골이 되어 세계의 안쪽을 구성했고
무거운 스웨터를 자주 벗어버리고 싶었다

우울까지도
인디언 처녀의 얼굴을 닮아 맑은 빛일 때

쓸모없이 두터운 생각에 취한 나를 업어주었던,
얼굴은 지워진 등의 안부가 궁금해진다
그냥 몸을 나란히 옷걸이에 걸어두고
두 개의 수평선처럼
숨을 쉬지 않고 있던 곳

# 부의賻儀

**권화빈**


친구 부친상에 갔다
빈 봉투를 불어
넣던 돈 절반을 덜고
다시 슬쩍 봉투에 밀어 넣는다
절름발이 저녁 봄비는
아득히 그칠 줄 모르고
잡았던 친구 손 놓고
돌아서면 그만,
신발장에 놓인 신발이
나보다 먼저 걸어나가
봄비 속에 떠내려가고 있었다

시어터진 내가 둥둥 떠내려가고 있었다

# 무지개

**금란**


먹구름을 본 적 없고
비도 오지 않았는데
회색의 무지개가 빌딩숲에 걸쳐 있다

빨주노초파남보
빨주노초파남보

옹알이처럼 입안에서 뱅뱅 도는 무지개

일곱 가지 색을 삼킨 무지개가 공중에서 부서진다
회색에 갇힌 놀이터에 아이들은 없고
수북이 쌓인 무지개 가루가 그네를 탄다

남편은 구석진 방에서 아내는 화장실에서 아이는 PC방에서
잠을 자고 생쌀을 씹어 먹으라는 뉴스를 매일 들으며
또 다른 무지개가 뜰 거라는 오늘의 날씨를 애타게 기다린다

허락 없이
무지개 가루를 맛본 당신들은
이미 이 세상에서 사라진 비물질이었다는,
헤드라인이 잘린 조간신문이 배달된다

부활절 아침에

# 도안응이아*의 봄

김경훈


평화의 봄은 왔지만
아직 사람들은 돌아오지 않았네**

우리 엄마도 돌아오지 않았네
그날 우리 엄마가 나를 구했다고
그걸 잊지 말라고
동네 사람들이 내게 말해주네
그래서 나는 엄마 더욱 보고 싶네

평화의 봄은 왔지만
아직 사람들은 돌아오지 않았네

한번 잡은 사람의 손
그 촉감과 온기, 목소리를 나는 잊지 않네
그러나 나는 그러나 나는
엄마 얼굴 감촉 어떤지 미루어
하나도 알 수 없네

언젠가 만날 엄마를 위해
나는 내 운명을 받아들여야 하네
최선을 다해서 내 운명을 살아야 하네

평화의 봄은 왔지만
아직 사람들은 돌아오지 않았네

* 한국군의 베트남 민간인 학살 당시 6개월 된 아기였다. 어머니가 죽으면서 그를 안고
쓰러지는 바람에 목숨은 건졌지만 빗물에 쓸린 화약 때문에 실명하고 말았다.
** 도안응이아가 부르는 〈봄〉이라는 노래 가사 중에서.

# 젊은 밥상

**김경희**

식은 밥상에 앉아
스마트폰과 밥 먹으며
세상을 밀고 당기고,
나도 모르게
욕지거리가 밥알에 자꾸 섞여
두꺼운 교양책으로 누르듯
서둘러 밥을 삼키는데
눈이 절로 가자미처럼 돌아가
세상을 한참 흘기다 보니
눈가에 사르르 핏물이 도는 게
뭐 이런 환장할 일이
이리 벌건 대낮에
겉절이처럼 숨 죽은 분노가
반찬 그릇에 부딪치고
청춘이란 청춘 죄 놓쳐놓고
아직도 뜨거운 국인 줄 짜글거리는
내 밥상, 젊다

# 나의 성

**김광철**


그건 거대한 물결이었지
대한민국 최고의 땅을 짚고 있는 사람들이라고 별거더냐
그저 우린 우리의 성을 지킬 뿐이다
인정하고 공감해주는 액션 외엔 다
적이 되어 죽임의 대상일 뿐이다
너희는 독립군 밀고하여 팔아먹는 아주 저질 밀정일 뿐이다
그 외엔 달리 규정지을 대상이 아닌 것이다
나의 성 안에서라면
배신과 무책임과 무능력과 독재라도 좋다
위대한 태양신이 세워준 잉카제국의 성 안에서는 말이다
나의 고결한 무늬 위에 먼지 한 점 내려앉은 것도
나의 마음이 허할 여유가 없다
굄돌 하나하나가 삭아 문드러져
허물어지기 시작한다 할지라도
우린 오늘, 이 폭풍우 같은 거대한 액션으로 하나가 되어
거대한 카타르시스를 만끽하는 거다.
미쳐버린 분노의 폭풍 앞을 막아서겠다는 자들은
겨울 녘의 한 조각 가랑잎일 뿐이다
오직 쓸어 날려버릴 제거의 대상일 뿐이다
내치다 보면 비록 나 혼자만 남을지라도

# 오래된 식당

김덕우


조그맣고 오래된 식당에서 늦은 끼니를 먹는다

구겨진 신문지와 수저통이 널브러진 주방 앞 식탁에는
이십 년도 더 되어 보이는 선풍기가 탈탈거리며
낡은 바람을 내뿜으며 돌아가고 있다

누렇게 벽지가 바랜 벽면 나붙은
달력 속에서도 해가 넘어가고 있을 무렵

주인 할머니가 대접에 소복이 담아 내놓은 밥을
목구멍으로 꾸역꾸역 밀어 넣는다

지나온 길들이 팍팍하게 입에 걸리는 저녁

맞은편 자리에 앉은 노부부는 서로의 입에
새로 무친 나물 반찬을 넣어주며 환하게 웃는다

서해 그 어디쯤에서 황혼이 저렇게 눈부시다

때늦은 밥 한 그릇 배불리 먹은 저녁
어스름 속으로 조그맣고 허름한 식당의 불이 꺼진다

# 아름다운 절도竊盜

**김림**


여름도 아직은 머언
봄밤
때 이른 손님이 찾아들었다
두리번거리며
주위를 살피다가
마침내 내려앉은
모기 한 마리
숨죽이고 감행하는
생명을 건 흡혈
어찌 탓하랴
새끼를 위하여
죽음도 무릅쓴
저 어미의 아름다운 도벽을

# 누가 먼저 춤을 추었나

**김명신**


우리는 부서지기 위해 껴안고
빙빙 돌았네

누가 먼저 춤을 추었나
음악은 술은 비는 사람들은 누가 먼저 초대했을까

흘러가는 저 음표의 행방을

지금은 누구도 신뢰할 수 없고
무례라고 말하지도 못하네

춤은 추는 중이고
우리는 빠져나와 춤의 밖에서도 춤을 추네

아직 멈추지 않은 흐름에 우린 다시 더 격렬한 춤을 추어야 하네
죽음을 알고
죽음의 압박을 알고 추는
우리 모두 결속의 밤을 여러 날 보내고
까칠한 턱수염과 자라난 머리칼과 흐릿한 눈동자와 눈동자끼리
아쉬워하며 끝내고 싶지 않은 지금의 시간을 몰락시키면서
끝은 보고 싶어 하나, 누구나
끝은 끝을 볼 수 없어 끝은 끝 중이고

규정할 수 없는 저 눈동자들이 말하면서 침묵하는 입

저들은 모르고
이들도 모르고
춤추지 않았으면서 춤의 내부를 비평하겠다고
저 기둥에서 리듬을 피워 올리는

# 하마

### 김명인


출렁거리는 뱃살이 힘의 창고가 아니라면
힘은 어디에 저장되는가?
링 위에서 덩치 큰 사내 둘이 서로를 치고받으며
조금씩 기진한다. 상대에게 기대기도 하면서,
주저앉으려는 바닥을 일으켜 세우려고
링 아래서 악악거리는 저 땅딸보가 감춰진 실세일까?

힘은 통뼈 속에 숨겨져 있다, 아닐까?
나는 대학생이고 어머니가 건오징어 도매할 때였지
남대문 중개 시장에서 만난 깡마른 노인,
몇백 킬로 마른오징어 짝을 사뿐히 어깨에 얹었는데
기운을 조섭해 뼈를 세우는 게 요령이라고
그 요령 숨겨놓고 혼자 써도
그는 넉넉한 품새는 아니었다

누구 앞에서나 으르렁거리는 덩치 큰 하마를
회칼로 저몄다는 깡마른 정장,
세단이 멈춰 서자 작달막한 바바리 앞에
허리가 꺾이도록 굴신한다, 도열한 검은 정장 사이로
내딛는 저 구두가 힘의 본부일까?

과시가 아니라면 힘은 나타날 필요가 없다, 덤불 뒤에

숨어 있다 갑자기 출현하는 사냥꾼을
늪가의 하마들이 알아차렸다 해도
진흙탕 뭉개며 뒹구는 산만한 덩치들이
제 멸종의 시간표를 알까? 장갑 말고 감춰진
손이 만지작거리는 스톱워치를!

# 파문

**김명철**


갑작스런 빗소리가 유리창을 친다
열려진 쪽으로 빗방울이 들어와
벽을 타고 흘러내린다


너의 불면보다는 내 불면이 더 깊다고
내 불면이 더 깊어서
너의 불면을 보텔 수가 없다고 생각하다가


방 안을 둘러본다
무늬 없는 벽지에 방울무늬가 인다
이방에서 사방으로 사방에서 팔방으로 번지다가
더 이상 갈 곳이 없어
나에게로 몰려와 사선斜線이 된다


사선이 모여 빗금이 쳐지고


너의 빈자리가 나의 빈자리보다 더 커져서
둥근 연속무늬의 장력이 방 안에 인다


빗금 속에서 지워지지도 못하고
등받이 없는 의자를 창 앞에 당겨 앉는다
보이지 않는 구름의 뒷모습을
부동의 자세로 내내 보고 있다

# 뵈르스마르트 스체게드

## 김사인


다음 생은 노르웨이쯤에서 살겠네.
바다를 낀 베르겐의 한산한 길
인색한 볕을 쬐며 나, 당년 마흔일고여덟 배불뚝이 요한센이고 싶네.

일찍 벗어진 머리에 큰 키를 하고
청어와 치즈 덩어리를 한 손에 들고
좀 춥군, 어시장 냉동탑 그림자 길어질 때
늘어나 덜걱거리는 헌 구두를 끌며 걸으리.
브리겐 지나 시장 옆 좌판에서
딸기와 버찌도 좀 사겠네.
싱겁게 몇 낱씩 눈이 날리는 저녁

성당 지나 시장 골목 입구도 좋고
오래된 다리 부근도 좋고
밤 두 시
숙소를 못 찾은 부랑자가 윗도리를 귀 끝까지 올리는 시간
다리 옆 둔덕을 타고 비틀비틀 강가로 내려가는 그 사내이겠네.
미끄러질 듯 절대 넘어지지 않지.

적막 속의 새로 두 시
물결만 강둑에 꿀럭거려
취해 흔들거리며 오줌을 누는

나, 요한센(아니면 귈라 유하츠도 괜찮은 이름)
오줌을 누며 잠시 막막한 느낌에 잠기리.
북쪽 산골의 늙은 부모와 엇나가기만 하는 작은아이 생각,
진저리 치고 머리를 긁으며
다시 둑 위로 올라서네.
자, 어디로 갈까.

뜨개질은 건성인 채 밖을 자주 내다보는,
눈발 속 키 큰 그림자를 보고
달려 나오는 여자가 하나쯤 있어도 좋아.
'요한나!'
전쟁에서 살아온 제대군인처럼
내가 팔을 벌리겠지 술 냄새를 풍기며.
눈 덮인 내 등을 털며 맞아들이는
집이 하나,

저쪽
노르웨이나 핀란드
아니면 그린란드쯤에라도.

# 험벅눈*

**김석교**


가로등 홀로 노란 밤
붉동백 속으로 남몰래 스미는
설린 몇 장

푸른 목도릴 두르고
빙하의 밤을 걷는
해랑사海浪寺 탁발주지

그 목련장삼
빙의하는
험벅눈

* 제주어. 헝긂눈, 함박눈.

# 가슴으로 보면

김석주


바다도 사랑이다
산도, 들도 사랑이고
피었다 지고 피는 풀꽃들과
비나리 같은 저 철새들의 노래와
스치는 인연 모두 다 사랑이다

가난도 사랑이다
옹기종기 정 하나로 사는 이들
너는 나에게
나는 너에게
우리 모두가 서로 소중한 사랑이다

바람 또한 사랑이다
저 변함없는 아침 해
달도 별도 사랑이고
너와 나 더불어 살아가는 우리 모두
이 땅의 위대한 사랑이다

# 새의 물결무늬

김선


십일월 새들이 저녁 한 끼를 위해 가는 길이 멀다
검붉은 저녁놀은 길 잃은 새의 무리가
지친 몸을 두었다 간 흔적이다
새들이 잃어버린 좌표를 간직한 별들이
아직 존재를 드러낼 수 없는 시간
목어의 등에 입혀진 빗살무늬가
새들이 잃어버린 길을 가리키고 있다
젖은 날개 꺾어 처마 밑에 부리고 가던 새들이
풍경 속에 겹겹이 물결무늬를 새겨 넣었을 것이다
그만 무릎을 접고 싶을 때마다 잠들지 말라는 이정표다
가시들 도사린 까만 밤의 깊은 곳까지
분명하게 보여주고 있다, 하늘에도 남겨놓고
바위에도 보이지 않게 새겨져 있다
그 저녁, 지친 몸을 끌고 찾은 선술집에서
하루 노동을 씻어내는 막걸리 잔에도
옮겨진 물결무늬가 출렁이는 걸 본다
시간을 끌고 가는 길은 거저 주어지는 것이 아니다
팔뼈 어긋나도록 금 그어가는 노동의 수고로움만큼 열린다
서두르지 말고 달디단 파장을 나누며 가라고
새들의 물결무늬가 내려앉은 것이다
길을 다시 찾은 새들이
길 없는 길에 무늬를 새로 새기는 중이다

# 가족

## 김선규

삼십육 번지 산업도로변 주유소 담장 끝에서
떠돌이 개들이 살았던 것은 첫눈 오고 다음다음 날부터

첫날은 어미 개 하나가 주유소 안으로 들어와
담장 안쪽으로 놓아준 뼈다귀를 먹고 갔고,
이튿날은 자신이 낳아 키운 듯한 세 마리를 더 대동해 왔다
윤기를 모두 잃어버린 흰 털과 깡마른 몸집들
십칠 년 만에 닥친 거라는, 살을 에는 추위
안 되겠다 싶었던 주유원 최 씨는 넷째 날이 되자
주유소 왼쪽 담장 끝에다가 그들을 위한 거소를 만들어주고
음식물 가져다주기와 관리를 스스로 맡았다
그렇게 해서 살게 된 그 가족이, 그곳을 떠난 건
그들 중 하나를 어쩌다 잃고 나서 이틀 지난 날
총 열며칠 거소하는 동안 한파는 또 왔고, 하늘은 흐려져서
두 번째로 내린 함박눈이 천지간을 덮던 저녁 무렵
이틀 동안 외곽도로 방향만 자꾸 쳐다보던 남은 개들은
펑펑 쏟아지는 눈 속을 걸어 돌아오지 않았고,

떠돌이 주유원 최 씨도 얼마 안 가 주유소를 떠났다

# 花飛, 그날이 오면

김선우


길 끝에 당도한 바람으로 머리채를 묶은 후
당신 무릎에 머리를 대고 처음처럼
눕겠네 꽃의 은하에 무수한 눈부처와
당신 눈동자 속 나의 눈부처를
눈 속에 모두 들여야지
하늘을 보아야지
당신을 보아야지
花, 飛, 花, 飛,
내 눈동자에 마지막 담는 풍경이
흩날리는 꽃 속의 당신이길 원해서
그때쯤이면 당신도 풍경이 되길 원하네

그날이 오면
내게 필요한 건
이름 붙이지 않은 꽃나무 한 그루와
당신뿐
당신뿐
대지여

# 월경月經

## 김선태

　보름달이 무슨 놋 세숫대야만큼이나 누렇고 크다랗게 사립을 엿보는 밤이면 마을 처녀들은 밤새 들판을 쏘다녔다 그때마다 그네들은 어김없이 월경을 하거나 원인 모를 임신을 했다 달의 경전을 읽었는지 암고양이며 밤 짐승들도 징상스럽게는 울어댔다 멀리 방조제 너머 바닷물도 그렁그렁 차올랐다 냇갈에서 목욕하는 아낙들의 희고 둥근 엉덩이가 보름달을 닮았다는 걸 그때 알았다 한번은 보름달을 거울 삼아 둠벙가에서 빨래하던 처녀가 홀연 사라진 일이 있었다 물에 비치는 달빛에 홀려 몽유병 환자처럼 둠벙 속으로 걸어 들어갔다 긴 간짓대로 휘저으면 머리 푼 처녀가 수면 위로 불쑥 떠올랐다 마을 사람들은 물귀신의 짓이라고 수군댈 뿐 아무도 달빛을 탓하지 않았다 그날 밤은 둥글고 환한 웃음소리가 온 우주에 가득했다

# 망각

**김수목**


잊어간다는 건
사막의 사막이라는 고비를
하염없이 양관고성에서 바라보는 일이지요

백양나무의 메마른 육질이 서툴게 몸피를 줄이는 것이나
누군가 저 멀리서 신기루처럼 나타나기를,
아물거리다가 결국은 사라져버리는 것을 기다리는 것도
양관고성에서나 가능한 일이지요

기다린 건 나만이 아니었다는 걸
누란의 미이라 공주를 보고 알게 되었지요
박물관의 유리관 안에서 그녀는
나처럼 왼쪽 눈을 찡그리고 있었거든요
속눈썹에 말라붙은 눈물이 수천 년이 지난 지금에도
반짝거릴 정도면 말 다 한 거지요

몇 년 동안 비 한 방울 내리지 않는 고비에서
모래 틈새로 몸을 밀어 넣고 사라지는 도마뱀은
비를 잊고 살아가는 거지요
모래에 맺힌 이슬을 핥아
새벽녘에야 겨우 입술에 물을 바르는
기억만으로

한낮의 열기를 견디겠지요

잊어간다는 건
육탈한 석류의 껍질을 만지는 일이지요
까맣게 쪼글쪼글해져 도무지 알 수 없고
석류나무에 붙어 있어 석류라는 이름으로만 남은
그를

# 하늘 우체국

**김수복**


너희들 걱정하지 말아라

난, 잘 있다 건강하다

너무 걱정 말아라, 여기가

천당이다

천당이다

좁고 주름진 방에서 어머니는

전화를 주신다

이 외진 가을 저녁에게까지

# 달고나

**김수열**


늦감서리 막물로 넘어가는 차가운 달밤
동네 조무래기들 막은창 골목에 모여놓고
원호 형은 낮고 짧고 날카롭게 한마디씩 던진다

넌, 백설탕 뚜룩쳐 와
넌, 소다
넌, 국자에 쇠젓가락
넌, 불붙은 연탄, 그리고 넌!
네 누나 순자 꼬셔 와

어머니 몰래 부엌에 들어가
발갛게 익은 아궁잇불 빼낸 자리에 검은 탄 올려놓고
허물어진 뒷담 넘어 원호 형네 집으로 간다
백설탕도 오고 소다도 오고
국자에 쇠젓가락도 온다

형들은 연탄불에 이글이글 둘러앉고
나는 주왁주왁 망을 보고
백설탕 익어가는 내음에 하나도 춥지 않은 밤
우리는 입천장이 벗겨지도록 떼고 또 떴다

부뚜막에 흩어진 백설탕처럼 잔별이 달게 쏟아지던 밤
순자 누나는 결국 오지 않았다

# 하지의 밤

**김수정**


눈물이 나를 바라본다.

나는 눈물 속으로 스며
동그랗게 부푼다.

불꽃으로 일렁인다, 모닥불로 타오른다. 검은 눈썹, 꿈틀거리는 미간.

긴 비를 예고하는 바람이 분다.

당신이 눈을 감는 순간
나는 사라진다.

주르륵 흘러내린다, 이슬로 부서진다. 짧은 밤, 태양의 축제가 끝나면

사슴의 뿔처럼 슬픔이 돋고

나는 또다시 황도黃道를 따라
긴 눈물 자국을 끌고 간다.

# 아왜나무

김순선

구름 한 점 없는 가을날
거대한 체구에서
붉게 타오르는 아왜나무

저 멀리
종탑에서 들려오는
평화의 노래 같은 이끌림으로 서 있다

가지가지마다 피맺힌 방울방울
용서를 구하는 자에게만
영원히 빛나리

누가 맨 처음 아왜라 불렀을까?
이름만 들어도 하늘이 열리듯
떨리는 마음

아왜아왜 야훼!

# 외출

김시언


단단한 단풍나무 아래가 그의 집이다
문짝 없는 현관 주춧돌에
그의 신발이 가지런하다

무상으로 빌려준 단풍나무
옷걸이 두 개가 어깨를 부딪친다
첫 단추만 끼워진 남방이 살랑거린다
이파리 와르르 떨구는 나무 아래
한 사내가 종이박스 잇댄 요에서
겨울 스웨터를 껴입고 잠잔다
몸을 웅크리며 입맛을 다신다

저 사내는 귀가하고 있을지도 모른다
시어빠진 김치가 말라붙은 김치통과
라면 몇 가닥이 눌어붙은 양은냄비 놓인 밥상 앞에서
딸아이가 웅크린 채 할머니를 기다리는
늙고 병든 어머니와 자식이 사는 어두운 단칸방으로
도망간 마누라 안부를 물으러 갔을까
미끄덩거리는 설거지통에
짝 안 맞는 젓가락이 널브러져 있는
햇살에 하얀 이 드러내며 웃는
가족사진만 빛나는 집에 갔다 올지도 모른다

현관에 들어서자마자 신발을 벗어 던지고
저벅저벅 사진 한가운데로 걸어 들어갈지도 모른다

사내가 자꾸 움찔거린다

# 고양이가 있는 골목

**김양희**


고양이가 서러운 꽃처럼 앉아 있다
구급차가 골목의 고요를 깨트리고 떠난 후
저녁의 가로등 켜지는 느린 풍경을
바라보는 눈빛이 슬프다
골목 입구에서 시작되는 불빛은
흐릿한 발자국으로 건너와
고양이가 앉아 있는 낡은 철 대문 담장을 넘는다
불이 켜지지 않은 마당에는 옷가지 몇 점
빨랫줄에 걸려 시들어가고 있다
아프지 마라 아프면 서럽다
나 없어도 울지 마라
늙음도 한 철인데 철 지나면 꽃 지듯 가야지
큰길 건너 높이 반짝이는 교회당 십자가
조등을 걸려는 듯 무거운 기척으로 내려오고
낡은 골목의 남루를 씻어내는 비가 추적거린다
고양이는 비를 맞다가 문득 생각난 듯
휙 담장 위로 올라서서 빨랫줄을 향해 야옹거린다
그 울음 그치지 않는다
새벽 일터로 나가는 사람들이
좁은 골목길 쿵쿵 울리며 지날 때까지

# 밀물

**김어영**


손녀가 할아버지 등에 손가락으로 쓴다
보리 싹 같은 감촉
재미있다는 듯 깊이도 쓴다

할아버지의 등에 혼미가 찾아온다
각질이 무디어진 탓일까
염전의 갈라진 등을 태양이 잠식하고 있다

지난여름 모래 위에 쓰고 지우던
어지러운 마음,
밀물이 가져갔는지 깨끗하다

그새 일 년이 가버렸구나
눈 감으면 가슴에 파도가 밀려온다

# 메노포즈

**김연종**


외로워서 섹스한다는 여고생과 늙음은 죄가 아니라고 항변하는 늙은 사내 중 자기 감정에 충실한 연기자는 누구일까 스크린과 허그하며 상상하였지만 침대의 주인공은 바뀌지 않았다 황홀함도 설렘도 불감증에 전혀 효과가 없다는 중년 여배우에게 젊은 태양과의 혼숙을 권했다

사랑을 위해 목숨을 내어놓을 수 있냐고 질문했지만 정사신과 키스신 중 더 애절한 게 무어냐고 되물었을 뿐이다 조루와 지루 중 외로움을 달래줄 배역은 누구일까, 눈을 똑바로 쳐다보며 답하라 했지만 마지막 감정까지 추궁당하기 싫다고 했다

대지 위에 뿌려진 질투는 눈물이 될까 노래가 될까 간절한 오선지에 엎질러진 구름을 보며 허밍 하였지만 장대비는 내리지 않았다 간신히 담벼락을 넘은 빗줄기마저 하얀 도화지를 적시진 못했다 자궁벽이 마르자 비탈진 계곡에서 컹컹 개 짖는 소리가 들렸다

# 허술한 저녁이 저무는 시간

**김영미**


우리 지상에서
서로 모르는 사람이 되기 전에
헤어지자
서로 아무것도 모르던 시절이
되돌아오기 전에
서로의 손을 놓지 못하는
그리움으로
돌아서자
지상에서 아직
그대가 나일 것 같을 때
내가 그대일 것 같을 때
슬픔에 겨운 눈물들이
아직 우리의 가슴을 적실 때
우리 지상에서 아주
남남이 되기 전에
헤어지자
우리의 사랑이
더 마르기 전에

# 목련

**김영삼**


피기 위해
활짝 피고 싶어

주먹 꼭 움켜쥔다

주먹을 쥐고 있어 불행하지만
주먹을 쥐고 있어서 행복하다

스르르 힘없이 손을 펼 날도 올 것이다
텅 빈 허연 손바닥이 부끄러워서
손가락을 하나씩 잘라내고 싶은 날도 올 것이다

그렇다고 함부로 묻지 마라
힘줄 도드라진 손 안에 무엇이 있었느냐고

단지, 손바닥을 활짝 펴기 위해
나는 오늘도 주먹 힘껏 오므리고 있다

# 돌담

**김영언**

발부리에 채여 길섶으로 밀려나고
삽날에 걸려 밭두렁 풀숲에 내던져지고
인적 없는 산비탈에 굴러떨어져 깨어지고
세상에 똑같은 것 하나도 없는 돌들이
큰소리 한번 쳐보지 못한 것들이
제가끔 움츠리고 작게 쓰러져 있던 것들이
어깨 걸고 가슴 펴고 함께 일어서 있구나
거센 바람과 눈보라를 막아낸 품 안 가득
틈새마다 봄을 매다는 담쟁이의 손길 얼싸안고
이웃들 맞이하는 호박 덩굴 둥실 무등을 태우니
마침내 조각들이 뭉쳐 그 마음 크고 단단하구나

# 한탄강

김오


순하게 흐르던 강물이
물결에 가시를 돋우는 유월
사람들 스스로 금을 그어놓지만
때론 사는 일이 저 강물과 다르지 않고
가슴에 회오리 한둘 지니지 않은 이 없어
이웃처럼 강물이 사람의 둑을 넘어온다

초성 지나 전곡리 가기 전
철조망 두른 강물이
사람의 마을로 내려오고
그런 날이면 비는 내리고
일사후퇴 홀로 내려오신 아버지
'단기 사천이백팔십삼년 유월'
흑백마을 비스듬히 찡그리며 서 있는
사진 속 누이를 만나러
강물의 경계를 지우며 빗속으로 들어가신다
평강 지나 함흥 그 너머 맨발의 아버지 산천
흙탕물 속을 건너오는 누이를 만나러 가신다

그리움이 강을 건너고
철조망이 사람의 둑을 넘는 유월
연천 못미처 회오리 이는 한탄강이다

# 너덜겅 편지 5

김완

찔레꽃 향기 알싸한 오월입니다
그대 가신 지 6주기가 되는 아침
너덜겅 가는 길은 때죽나무 꽃들의 무덤
하얀 꽃들 땅 위에 지천으로 박혀 있네요
환한 아기 햇살 통통 튀어 다니는
유년의 원산 너덜겅을 거쳐 갑니다
장년의 덕산 너덜겅에 도착하니
크고 검은 바위들 묵언수행 중입니다
연초록에서 진초록으로 건너는 계절만
바위 사이에서 서로 다른 눈짓을 합니다
바람이 머물다 떠나는 그늘에는
세상을 더 환하게 밝히지 못한
이 시대의 눈물이 흥건히 고여 있습니다
제 올 때와 갈 때를 아는 꽃을 보며
멀리 떠나 소식 없는 그대를 떠올립니다
수천만 년 동안 제자리에 서서
비바람이나 시절을 탓하지 않는
돌들의 영혼을 생각하는 오월입니다

# The Boxer[*]

## 김요아킴

그해 유월, 권투 링에서 나는
시대의 스파링 상대가 되었어요.

무수히 날아드는 펀치와 집요한 잽에
잠시 넋을 놓았지요.

눈물과 함께 뒤범벅이 된 콧물로
곧 통증을 알게 되었어요.

가진 거라곤 맨몸뚱어리인 약관의 나이,
냅다 지른 주먹은 허공만을 갈랐지요.

따갑게 조여오는 공포는 하얀색이었지만
관중들은 열렬히 나를 응원했어요.

상대 글러브가 남겨준 멍은
푸르게 치명적이었죠.

그때마다 엄마 품으로 돌아가고 싶은 마음은
울컥거리는 기침으로 남곤 하였어요.

끝이 보이지 않는 싸움은 핏빛 노을의 낡은 침대 위로

또 아픈 하루를 더듬고 있었죠.

그럴 때 귓속으로 흘러넘치는 바로 그 노래가
매번 나를 다독여주었어요.

* 미국의 팝 가수 Simon & Garfunkel이 1969년에 발표하여 부른 노래.

# 수납장의 규칙

**김유미**


문을 활짝 열어 들여다보고 싶어지는 저녁
내게서 돌아눕지 않는 적재물들이 있다
떨리고 무겁고 그렁그렁한 것들이 모여
엎치락뒤치락거리는 칸칸들의

어둠이라든지 아득함이라고 항변할 수 없는 것들
수분을 뱉어내고 미라가 된 드라이플라워 냄새 같은
헛배 불러오는 풍선 같은

수납장은 바람과 구름을 풀어 카푸치노 행세를 했다
안녕 하고 손을 흔들며 머그컵을 내밀었다
나는 잡혀버린 손님이 되었다
침묵하던 의자가 오래된 시간을 휘저었다
휘핑크림 같은 날들이 피어올랐다

세상 모든 무덤으로 가는 길목의 문패인 것들
과녁을 찾지 못하고 묵묵해지는 상처들
답장이 오지 않는 불면의 이름들
과거로부터 전해 내려온 경고문들까지
먼지를 뒤집어쓰고 숨 쉬고 있는

어느 날 문득

문을 열면 거기 언덕이 있고 나무가 있고
가지마다 구름과 바람이 걸려 있었다
나무는 지직거리는 음악으로
언덕은 낡아가는 발바닥의 표정으로
버티고 서 있었다

# 무색 여백

**김유철**


등짝을 후려치는
천둥이 들리길 바랐을까
새벽 다섯 시 수도원 종소리는 천둥이 아니었다
바라는 대로 안 되어서 세상사 – 정말 – 다행이지만
몇 번인가 거듭거듭
삼라만상 들뜬 가슴께로 찬물이 되어 울리는 종소리는
여백을 빼꼼히 만들어냈다
신기하게도,
   ,
   ,

무언가 지푸라기라도 잡으러 간
수도원에서
그날 난 움켜쥔 손을 내려놓고
무색 여백이 되어 돌아왔다

# 파르티잔
−이원규 시인에게

**김윤배**

왜 하필 지리산인가는 젊은 날의 너다운 시다
피 흘리지 않고 지리산을 점령한 너는 파르티잔이다
구례에서 산청으로, 뱀사골에서 세석평전으로
파르티잔의 게릴라전은 청춘을 흙는 낮달이었다
낮달은 지리산을 홀로 울다 천왕봉을 버렸다
너는 계곡마다 발소리를 버렸다
게릴라전 삼만 리는 삼보일배나 오체투지로 끝나지 않는다
마음보다 몸이 투항하고 싶었던 날은 섬진강 물빛이 깊었다
너의 벌거벗은 투항은 야생화, 야생화들의 환희였다
강물은 오래 기다렸던 육체를 받아 숨겼다

파르티잔에게 투항은 없다 너는 순두류아지트
혹은 이영화부대 찾아가는 파르티잔이었는가
야생마라고 부르는 게 네 문장이다
문장으로의 침투는 때로 지리멸렬해
몸은 거친 문장 위에 놓여 노숙의 나날이었다

이현상을 관통한 마지막 빛은 어둠이었다

# 고향집

**김윤현**

어머니가 요양원으로 떠난 후
고향집은 말이 없어졌다
큰방 문은 입을 꼭 다물었고
창고도 자물쇠로 제 삶을 잠가버렸다
가끔씩 찾아오던 새도
먼 산속으로 떠났는지 보이지 않고
주인이 언제 다시 오려나
바람이 이따금씩 확인하러 잠깐 들를 뿐
빈 그릇은 엎드린 채 쳐다보지도 않는다
어머니가 계셨을 때는
마당가에 나와 자리가 되어주던 널빤지도
몸이 쇠약해져 창고 뒤에서 칩거한 지 오래
어머니가 집을 비운 사이
혈관이 다 굳어진 고향집
낯선 풀이 마당으로 들어와 살고 있다
전입신고를 하지 않아도 이제는 어쩔 수 없다며
앞산 뒷산이 묵인하고 있다

# 소록도 바람 소리

## 김윤호

섬진강 홍매화
진홍빛 꽃잎을 스쳐 간
봄바람 따라 소록대교를 건넜다

바닷가에 밀려오는 파도는 푸르고
흰 수건 쓴 아낙네는
갯벌에서 바지락을 캐고 있다

아직도 서럽게 땅에 누운 보리피리 시비詩碑 앞에서도
보리피리 소리는 들리지 않고
매화는 한 송이도 보이지 않는다

어쩌다 들리는 먼 바다 갈매기 울음소리에
산비탈 작은 산꽃들이
눈 부비며 깨어나고 있다

# 몽학도蒙學徒

**김윤환**


길을 몰라 길을 잃은 적보다
아는 길 고집하다
길을 놓친 적이 많았네
강단講壇의 위엄이
강단降壇의 위험으로 바뀌는 줄도 모르고
목청 돋우며 살아왔네

눈을 다친 사람들의
지팡이가 되고자 했던 서른 살은 떠나고
이제 지팡이를 무기로 삼아
눈을 잃은 사람들의
길마저 빼앗으며 살아왔네

강을 건너는 요령에는
강이 마를 때까지
혹은 강이 얼어붙을 때까지
기다릴 줄 아는 것임을
깨닫지도 가르치지도 못했네
그놈의 지팡이 때문에

빈 주머니 툴툴 털며
오늘도 뒤따라오는 이들에게

길을 물었네
묻고 또 물었네

# 하동 벚꽃

**김응수**


꽃은 늘 신神을 위해 하늘로 피어야 하는가
시인은 여태껏
꽃그늘에 가려진 지상의 노래만 불러왔다
그저 말라붙고 딱딱한,

느지막이 매화를 보내려 남녘 가는 길
우우~, 꼭뒤 위로 벚꽃 무리가
공기의 부피를 버텨내며
가파르게 흔들리는데 꽃 터널을 지나 숨소리마저
투명해지는 하동 벚꽃길 양팔을 벌려
공중에서 우아하게 내려다본다

자, 시인이라면 어서
벚나무 꼭대기로 꽃잎 날리듯 달아나는
바람난 봄을 잡아라
헤프게 꽃부리 부푸는 남도 꽃길
신들린 듯 지치지 않는 천상의 노래를 불러라

# 신문

**김이삭**


보는
사람에겐
뉴스
버리는
사람에겐
휴지

덮는
사람에겐
이불

# 먼 산을 보는 이유

**김이하**


오늘도 전화를 하지 못했다
일도 하지 못하고, 그래서 돈도 못 벌고
내 속이 거북해서
차마 트림이 나는 소리를 전화기 저편으로
건넬 수 없어서
울음이 사무치는 삶
그걸 저 너머로 건넬 수 없어서
어쩌면 말끄트머리에
어머니 사랑해, 한마디를 외치다
쓰러질 것 같아서, 그냥 죽고 말 것 같아서
전화기만 만지작거리며
먼 산에 떠다니는 구름만 빼끔
내 안에 가두는 것이다

# 일생

**김인구**

삼 층 옥탑방

벽 모퉁이에 걸려 있는 마늘 한 접은

늘 자살을 생각 중이다

백 프로 완벽한 죽음을 꿈꾸기에

쉽사리 땅 아래로 몸을 던질 수 없는 마늘은

날마다 살이 마른다

유월을 벗어난 잔인한 햇살이

자살 미수 마늘의 등을 후리면

차근차근 단단해지는 속살 안에서

운명의 반전을 손꼽아 기다리며

조용히 늙어가는 마늘 한 접

사뿐히 발아래로 뛰어내리지 못하는 마늘은

죄가 없다, 죄가 없다

# 구례장날*

**김인호**


가야식당에서 아점 반주로 시작한 막걸리
취해 소매 보러 나왔다 길 잃었는데 해는 아직 중천이다
장날은 날이 길어 長-날인가
삼팔장땡 구례장날

* 구례장날은 3일, 8일이다.

# 봄날은 간다

**김재석**


반반한 햇살도 꽃나무에 한눈팔더라
오늘도 꽃구름 바라보며
새들이 노래하는 산언덕 길에
바람 불면 꽃이 지고
바람 자면 꽃이 피는
순진한 그 사연에 봄날은 간다

무심한 강물은 거침없이 흘러가더라
오늘도 강 건너 바라보며
갯물이 들고 나는 갈대숲 길에
노을 지자 달이 뜨고
동이 트자 달이 숨는
단순한 그 논리에 봄날은 간다

수척한 풀잎이 밤바람에 드러눕더라
오늘도 달빛에 신세 지며
나 홀로 쏘다니는 보리밭 길에
풀물 들어 나도 웃고
풀물 들어 너도 웃던
철없는 그 추억에 봄날은 간다

# 부활절, 다음
－남궁찬 선배께

**김재홍**

선배님, 유난히 조용한 주말 저녁입니다
부활의 뜻을 모르고 부활절을 보낸 다음
부암동 옥상에 선 마음은 절박하군요
여기서도 하늘은 여전히 높고
인왕산 기차바위를 바라보는 눈은 어둡습니다
선배님께서 금요일 오후면 보내주시는
교회력의 이정표들과 거룩한 역사들이
자꾸만 눈앞에서 벌어지는 오늘의 일이거나
바로 내일의 일이 되기를 바라는 날들입니다
한 통의 편지를 부치지 못한 지 오래입니다
무엇을 바라는 마음은 무엇을 향해 한없이 흔들립니다
제가 지나온 시간이 더는
저 모란의 가지 끝에 매달려 있지 않기를
흰 달을 이고 고개 넘어 움막을 찾는 걸음으로
오늘은 간절합니다
선배님께선 무엇을 지향합니까
선배님께선 어느 하늘을 이고 계십니까
오늘같이 바람도 조용한 저녁
"엄마, 여긴 어디예요?" 하는
저 어린것의 목소리가 또렷이 들립니다

# 광교산에서

**김정숙**

그래, 그냥

가슴에 정들이며 세 들어 살던 것들을 품고 울렁, 울렁거리며 생동생동生動生動 들어서는 광교산의 초입부 반딧불이 화장실 곁에서 왁자한 사람들의 유쾌한 웃음소리 억새도 없는 억새밭 흔들며 늙어버린 욕망이 출렁인다

그래, 그냥

버들치고개, 도마치고개 빗질도 없이 수세미같이 엉킨 머릿속으로 깔딱계단에 눈보라가 지나가고, 나무 아래 눈이 쌓이면 지워지지 않는 너를 녹일 수 있을까 너를 녹이러 가는 길은 눈 햇귀에 참, 눈부시다

그래, 그냥

무연하게 재회의 기쁨을 만끽하던 순정의 처음 계단 맘 나눌 때처럼 부드러운 희망 나누는 둥지, 한남정맥 광교산 능선길 형제봉, 비로봉, 시루봉의, 바람결이 고요해지면 마음속에 새순이 돋으려나 내일을 시작하는 새까만 눈망울 반짝인다

# 부처를 죽이다

## 김정호


고향에서 보내온 쌀자루를 열자
춥고 아픈 시간 불붙이며
운주사 와불臥佛이 된 쌀나방 몇 마리
방 안을 제멋대로 비행하고 있다
망설임도 없이 몸의 경련 세워
숨을 죽이고 나방이들을 미행한다
그러다 반은 두려움으로
문명의 최첨단 치명적인 무기
촘촘하게 마디마다 우주의 기를 모은
죽음의 그물망*을 펼쳐 들고
나방이들 날개를 덮친다
그러자 중중모리장단으로
연기처럼 산화해버린 나방이들

처처불상處處佛像**이라 했거늘
아직 마음의 독毒을 뽑아내지 못해
부처가 되지 못한 나
나방이 부처들을
죽음의 향연으로 인도하고 있다

아, 연화세계로 가는 길
멀기만 하다

95

* 전자 모기 퇴치기.
** 우리 주위의 사람, 동물, 식물, 물건 등 모든 것이 부처라는 원불교 신앙의 대상.

# 내 몸에

김정환

## 1. 일본 냄새

분명 씻는 것이지만 씻어도 씻어도 씻은 것이 아닌,
아주 지워지지는 않는 특성 너머
본성에 늘 달하려 하지만 늘 실패하는 말린
다시마 냄새, 가장 깨끗한 여인의 살의,
자연스레 열린 만큼 열려 있으나 사랑도
침은 너무 숭하다는,
소리와, 오히려 손해라는 모양의 면적으로
가마보코가 야들야들 가마보코고 생선회가
하얀 맵시 접시 위 더 하얀 정결
살기인.

## 2. 베트남 냄새

감동만큼 슬픈 것도 없다. 비린 민물생선 국물의
비림을 강조하는 고수잎 그 휘발유성 비림의
이 역겨움은 아마도 원래 울화의 소산이었겠지만
중앙의 토색討索에 맞서 오줌통에 내던진,
삭힌 홍어보다 더 대범하게 정치적이고 식민지
백년전쟁 치르며 그 전통 상징이 된다 뒤범벅된
금지와 고통의. 금지가 된 고통의

건국이 된다, 그때 그랬던 시절이 승리한
일용 음식의
권위 같다.
고수잎 민물생선탕
국물이 늘 적당량을 조금 웃도는
기적을 닮은
농담 같다.

### 3. 타이 냄새

가난은 무엇보다 성욕을 자극하지. 빈부 격차가 심한
가난일수록 너욱. 그렇게 엘마누엘이다. 새파랗게 젊은
큰아이 놈이 태국 갔다가 사다 주었다 노년의 부모에게.
새끼손가락만 한 코끼리상 등에 꼽고 아마도 노부부
섹스 동안 피우는 향. 오해라도 불역낙호아지만
피우기도 전에 안방으로 옮기기도 전에, 그 냄새, 그
비린내의 정반대인 황홀경, 빈민의, 빈민가의, 빈민가로 짙디짙은.
섹스 향과 섹스를 위한 향과 죽은 자 향의
혼돈과 혼동과 혼합인.
여인이 춤추는 듯한, 춤의 여성, 춤의 성性인 듯한
죽음이 여성이라서 춤인 듯한
글씨체 상호

Narai Phand

YLANG YLANG


재스민 향도 그것의

위장僞裝인.


## 4. 김부각 맛

어젯밤 꿈에는 왜 그리 모든 것이 너무 귀하고

너무 귀한 것이 너무 슬프던지. 아내와 아내 쪽

식구들이 꿈 밖으로 눈물 번지는 꿈속 눈가로 넘쳐

흘러내리면 눈물은 라디오 희망곡과 일일 반공 연속극

사이 삼선교 대문 들어서자 연탄아궁이 골방 대학

입학 전후 헌책 꽉 찬 좁은 사방벽 삼각으로 가까스로

위태롭고, 아들도 있나 하긴 아내가. 나를 걱정하는

전화 소리. 둔탁한 돌 하나 가슴에 얹고 아무것도 건드리지 않고

칭찬으로 큰아버지, 나의 옛날 나의 어부 나의 호치민, '애야

스와니 강을 불러다오' 내색의 스와니 강. 막내

가까스로 자리 잡았다 안창동 아름마을 원일아파트 104동

103호. 찾아가는 길 초등학교 땡땡이치던 전농동 지나

누나 색시들 몸 팔던 청량리 588 지나 큰물에 내가

빠져 죽는 큰아버지 밀가루 국수 말리던 단칸방 살림
중랑천 지나 장안의 장안동, 면목 없는 면목동, 죽음이
한 치 발 디딜 틈 없는 녹색병원 영안실 지나 그
장소들이 이리 가까웠나 아예 한몸이었나?……

너무 가까워 전면적인 까마귀 아니 까치 아니 까마귀는
다 채우지 못할 것을 모르고 신음이 화성인 것을 모르고
가까울수록 난해할 것과 찢어질수록 순정할 것을 모르는
행복한 귀다. 그렇게

깨어보니 옛날의
김부각 맛,
오늘의 몸 밖으로.

## 5. 방석집 고향

잠 깨면 초상집 같다. 나의 초상집 아니지. 내가
내 쪽으로 죽은 지 너무 오래. 그의 초상집도 그쪽으로 너무 오래다.
초상집은 주어主語 없는 습관. 한참을 그리다
눈 내리고 문도 구들도 벽도 없고 들창문 열려
허허벌판 여관에 있다. 고향 마포에 있다.
여자와 있다, 있었다. 기다리고 있었다.

발 디딘 데 질척한 나의 유년을 여자가 부수면
비로소 오늘 치 습관 벗고 생활은 발이 없다.
내일의 초상까지 발만 담긴 고향이다.
어느 날은 아파트 담 공유한 보통학교 운동장 아이들이
앞으로, 앞으로, 앞으로 앞으로* 악, 악, 악악 부르고
돌연 알 수 없는, 힘찬, 슬픔의 나이테가 내 습관에
백이는 식으로 지구가 둥글어지기도 하였다. 자꾸자꾸
나가면* 악, 악, 악악, 아버지 옛 부산 Custom Taylor
양복에 수놓은 전화번호 앞 숫자 두 자리였나 아니
한 자리? 황해도에서 내려와 앞으로, 앞으로,
내 유년에 아버지 부산 거쳐 일본까지 갔다.
너무 멀리 갔지. 일부는 영영 돌아오지 않았다.
JVC 초미니 홈시어터 디지털 잘 돌아가는데
음악이 나오지 않는다. 애프터서비스 센터가 가져다
일주일 내리 틀었으나 이상이 없단다. 그렇겠지
이상 있고 속수무책인 것은 내 유년의 장소겠지.
아무도, 나조차 믿을 수 없었지만 내가 믿을밖에
없다. 없는 형도 출몰한다. 더 질척해다오, 안 보이는
내 방석집 고향 마포, 내일의 초상집 습관 밖으로.
고향은 늘 하나의 장면인, 사는 이야기고 시는
사냐오가 집이 없는 그물, 무덤의 이면이다. 아들의
모닝콜은 수탉 꼬기오에 클랙슨을 합쳤는데

어설픈 탱크의 어수선한 선전포고 같고 장하다 아들,
일어나지 않는다. 열린 방문으로 엉덩이가 전쟁보다
더 무거운 잠이고, 평화다. 미로의 사정이 있다.
가격의 보석이 있다. 애청하는 지옥이 있다. 늙음의
어원이 있다. 치매에 달하기 전 Tefal, Café
City로 커피 끓이며 저지를 수 있는
실수의 경우 수가 있다. 파경 너머
가장 슬픈 순간이 영원이다. 한없이 아득한 연민
무게의 기억은 남아.

* 동요 〈앞으로〉 가사.

# 삼십 년

**김종원**


30년 전
나는 시인이 되었고
그때 나는
광화문광장과 거리에 앉아 있는 시인들을 보았다.

그리고
30년이 지난 지금도
나는 시인이고
나는
지금도 시인들이 광화문광장에 앉아 있는
모습을 본다.

이 나라에서
사람답게 살고 싶다는 소박한
꿈
하나 이루기가
이렇듯 어려운 일일까?

30년 후
내가 만약 이 세상에
살아 있다면
나는 그때도

시인이고
광화문광장과 거리에
앉아 있는 시인들을
보지 않아도
되는 나라에
살고 있는
야무진 꿈 하나
가슴속에 키워보고 싶다.

# 현호색

김종인


꽁지가 파란 물새를 찾아
깊게 흐르는 강으로 간다.

푸른 나팔喇叭 소리가 들린다
옹기종기 모여 앉아
수런거리는 소리
고개를 바람결에
절레절레 흔들고 있다.

가슴이 아프다
푸른 입술을 훔치다가
하얀 얼굴로 싱긋 웃었다
추억은, 그것이 마지막이었다.

하늘나라로 오르면
그대는 초승달이 되리라
하늘에 올라서도 슬픈
별이 되리라.

푸른 강가에는
고개를 주억거리며
푸른 나팔을 불고 있는
꽁지가 파란 물새들이 산다.

# 나그네새

**김진문**


청동빛 유장하게 흐르는
푸른 별빛 길, 수만 리를 헤엄쳐 온
나그네새들아!

별조차 깨져 우윳빛 같은
저 북쪽 대륙
청동 하늘엔 서리가 내려
갈대들도 제 몸, 서슬 퍼런 칼이 되었더냐?

갈대보다 용감한 칼새가 된 나그네새야!
오리새야!
고단한 날개 잠깐 깃들던 밤
저 아래 압각수* 가지마다
마알갛게 씻긴 화석 같은 노란 알들
떠나온 시간으로 켜켜이 쌓여 지층이 되었다.

하늘은 또다시 빛나는 나침반
계명성**이 동쪽에서 빛난다.
헤매는 자는 전진하지 못하듯
온몸으로 날개로 칼바람 헤치고 나아가라!

나그네새야, 칼새야. 오리새야!

간밤 무서리에 가슴 졸이던
노란빛으로 빛나는 공손수*** 한 그루
오늘 이 아침!
따뜻이 외로이 너희들을 환송한다.

* '은행나무'를 말함.
** '샛별'을 말함.
*** '은행나무'를 말함.

# 접사

**김진수**


꽃에 나비가 앉았다
살며시 다가갔다
허리를 굽혔다
숨을 죽였다

찰칵!

고요는 흔들렸고
나비는 날아가 버렸다

# 쫄깃한 끼니

**김춘리**


한때의 끼니가 질기다
풀썩거리는 가루에 탄식을 조금 넣고 중얼거림을 목판에
내려치는 손맛이다


늘리는 일과 가닥을 잡는 일
세상에서 가장 고되고 긴 가업이었다.
더 이상 늘어날 게 없는 관계들은 가늘어지기만 했다.
뫼비우스 띠를 돌아 나가는 그럴듯한 반죽


최초의 건조함이 공중을 돌아
한 팔 길이로 재어지는 반죽,
목판 위로 떠도는 사소한 대화들은 꽈배기처럼 꼬이고
치우친 말과 헐거워진 말들이 몇 번씩 치대졌다


처댈수록 늘어나는 팔 길이와 부딪치지 않으려는 손놀림이
말랑말랑한 반죽 속에 부드럽게 스며들었다
쫄깃함을 위해서는 휘파람을 다져 넣고
멈춰야 하는 시간이 길어지면 소금을 많이 넣어야 한다
면이 바닥에 안 닿으려면 키를 늘려야 해


발꿈치를 들 때마다
조금씩 자라는 위로와 붉어진 근육들이 단단해졌다

엉키지 않게 흔들며 갈래갈래 소변을 참는 면발
굵기를 맞추던 따뜻한 미소는 어디로 스며들었을까

팔팔 끓는 물에 삶아진 반올림이 빈 그릇에 쌓인다
몸무게를 실었던 혀끝이 달달하다
면판에 말라붙은 밀가루 라벨처럼 너덜거린다.

# 집

**김치영**


집은 돌아가는 곳이다
학교를 가거나
소풍을 가거나
혹은 멀리 여행을 떠났어도
아이는 언제나 집에 돌아왔다

아이가 자라 늦은 밤을 서성일 때
아들아, 네가 집에 오지 않으면 엄마가 어떤지 아니?
화내요. 그리고 밤새 기다려요
그래, 엄마를 마음 아프게 해서는 안 된다
알았어요 지금 들어가는 중이에요

스무 살을 목전에 둔 아들이
청춘을 꼭꼭 씹으며
인생보다 더 큰 세상이 궁금했던지
밤늦게 한강을 거닐고 있었다
아들아, 네가 돌아오지 않으면 엄마가 어떤지 아니?
마음 아파해요. 그리고 울어요

그날 아들은 집으로 돌아갔다
세상에 오기 전에 활짝 웃고 살았던
자신의 고향이자
아주 먼 하늘나라로.

# 그 교회당 앞 선술집 주모

김태수


지금 그 교회당 이름을 모른다
대전역 앞 이미 잊힌 마을
도로 따라 한참 걷다가 오른쪽으로 45도 꺾으면
있었지, 대여섯 나무 주탁酒卓 덩그렇던
신문지 덕지덕지 덧칠한 벽은 붉은 색연필 자국들
그 선술집 이름도 인제 모른다

그때 둘은 신학대학 제적생除籍生이었다
긴급조치*의 한낮이 조심스럽던 나는 농아학교 교사
해가 설핏하면 선술집 주탁이
위안일 줄을, 땡전 한 푼 없어도 주모酒母는
신문지 덧칠한 벽에다 붉은 색연필
외상 술값을 그으면서 선뜻 자리를 내어주고
두어 됫박 술이 비워지면
거머쥔 주먹마다 파랗게 이글거리던 분노들
이것 봐 하느님은 저 교회뿐 아니다
알지, 이 더러운 세상
알지, 선술집 천장 위에서
알지, 지금 우리들을 보고 있다고
울음 섞어 부르는 부조화음의 찬송가 낡은 창틀을 넘고
귀갓길 교회 찬양대원들
선술집 바깥에 늘어서 박수도 쳤었다 철없던 한때
그 교회당 앞, 그 선술집, 그 착한 주모

그리곤 뿔뿔이 흩어졌다 살아야지
나는 다시 국민학교로 돌아가 교장으로 정년을 마쳤다
극작가가 되었다고 한 후배는
또 한 후배는 선한 목자 되었다는 안부 듣긴 했지만
이미 휙 스쳐 가버린 세월하며
백발성성할 내 아우들

곱씹으면 치기稚氣였을 수도, 한 시절의 해 질 녘
주모가 신문지 덧칠한 벽에다 장난하듯 그은
붉은 색연필 자국 암호처럼
그대로 남아 있을까, 우리들 울먹이며 부르던 엇박자의
찬송가 소리 아직 그대로
교회당 곁 작은 골목길을 떠돌고 있을까

칠십 년대 거침없던 방황의 한 시절
그때 그 외상 술값 아직 갚지 못했다 그리고
우리들 넋두리에 넋을 놓던
교회당 앞 선술집 착한 주모 이름 정말 모른다

* 제4공화국 때 정권 유지를 위하여 내린 탈헌법적 조치로 국민의 권리와 자유를 억압
  한 군사독재 정치의 산물이었다.

# 메밀국수

**김황흠**


한낮 온도 삼십 도를 넘나드는 유월
시작된 장마는 오리무중이고
하지모를 심으려 받은 물
간신이 꼬르륵꼬르륵 소리 내며 흙 속으로 스며든다
물은 질퍽하여도 가문 날이라 차오르지 못하고
부글부글 끓어오르는 모터 소리만
귀청에 닿아 화끈거린다
하루 종일 물 받아도 마음 내킬 만큼 아니어서
눈이 절인 땀으로 쓰라렸다
오래되어 바랜 배호스 코팅이 벗겨진 자리
분출하는 물줄기는 논을 향해
가닥가닥 국숫발로 내리고
무논은 얼큰한 국수를 말았다
목이 터져라 말아 먹다
탁배기 한잔 마시고 체중 쓸어내리고 싶은 가문 날

# 내가 시인인 이유

**김희정(대전)**


아는 시인이 원고 청탁 받았는데
내가 받지 못하면 짜증부터 난다
문단 행사에서
나보다 못하다고 생각하는 시인 소개하면
속이 부글부글 끓는다
상대방이 아는 체 안 하면
나도 눈길 주지 않는다
바늘구멍 하나 들어갈 마음 없으면서
대범한 척한다
좋은 시 보고 좋다고 말하지 않는다
발정 난 개마냥
이 여자 저 여자 옮겨 다니고 싶어
안달 났으면서
사랑이 어쩌고저쩌고하며 심각해진다
그뿐이 아니다
시처럼 살지 못하면서
시가 어째야 한다고 술만 먹으면 씨부린다
문학성도 없는 문학상이라고 손가락질하면서
나에게 주면 언제든지 받을 자세가 돼 있다
시인은 시만 생각해야 한다고
입버릇처럼 말하면서 한 번도 지킨 적 없다
수구 신문 욕하면서 나에게 집필 기회 안 주나

눈이 빠져라 기다린다
유명 출판사 비판하면서 작품집은
그곳에서 내고 싶다
무엇보다 동료 문인들 잘되는 꼴 못 본다
이유가 백 가지 넘지만 자랑 같아서 접어야겠다

# 프롤레타리아의 혀

김희정(서울)


　기억 한쪽이 푹 꺼진다 텅 빈 눈동자 속으로 달려드는 녹슬고 휘어지고 서늘한, 우리는 이제 막 완성되었고 수치심은 공기보다 가볍다 뒤엉킨 허공을 주파하는 경동맥 헐떡이며 주저앉는 에스컬레이터 계집애들은 왜 굴다리 밑에서 면도날을 씹나 작은 불씨에도 순식간에 화염에 휩싸이는 몸뚱이들 진동하는 노린내 칼바람은 왜 불시에 불어닥치나 밤의 잿더미 속에서 난자당한 태양을 끄집어 내라 살점까지 싹싹 긁어내라 발광한 개들은 몰려나온다 불결한 거리에서 불타는 광장으로 뿌려진 핏자국 핥아 먹으며 어떤 어둠은 노을보다 비리다 막다른 골목에서 불쑥 튀어나오는 번들거리고 까뒤집힌 흰자위의, 우리는 이제 막 시작되었고 어디선가 밤새 저항하던 목은 찰나에 툭 꺾이고 망치로 당신을 내리친다 한 치의 망설임도 없이

# 여우 시집가던 날

**나병춘**


허공에서 뛰어내렸어요
멧토끼 한 마리
또 뛰어내렸어요
긴꼬리원숭이 한 마리
돌고래 흰수염고래도
햇살 만 바께쓰
소낙비 백만 소쿠리
호랑이 여우 장가가고
시집가는 날인가 봅니다

먹장 틈에서 미루나무
한 무더기 쏟아졌어요
천둥 번개 치고
우지끈 뚝딱
동네 당산나무가 쪼개졌어요
틈바구니에서
한소끔 자고 났더니
오색 무지개
텅 빈 하늘에 걸렸어요

일곱 행
하늘 호수의 시詩
아무도 내건 적 없는

# 아버지의 시

**나숙자**


바깥은 비가 오고 바람이 몹시 분다.
그 바람 속에서 아버지의 목소리가 들린다.

남자 아흔두 살 알츠하이머 기억력 상실로 폭력성
아이가 되어감, 내 아버지의 병명이다.

그리고 삼 년 봄날.

저기 좀 봐라 코다리가 바람과 실랑이하는데
누가 이길까.
바람은 참 오지랖도 넓다.
어느새 어린 나뭇잎들과 춤을 추는 걸 봐
저 춤사위는 어느 춤꾼도 흉내 내지 못하겠다
재주도 많지 봄바람은,
언제 또 산을 데리고 왔나
내 앞에 섰게
산이 금방 세수를 하고 얼굴도 닦지 않았네
물방울이 떨어지고 물안개가 하늘로 오르는 것을 보니
아마도 그냥 말리려나 보다.
여기 창가에 서 있으면 봄, 여름, 가을, 겨울을
다 만난다.
너도 여기 서서 바깥을 봐

바깥이 얼마나 아름다운지

날마다 창가에 서서
당신만의 시를 쓰신다
아버지는.

# 2월

**나종영**

세월은 무심히 가는데
쌀 떨어진 부뚜막에 올라앉아
밥 달라고 아양을 떠는 고양이의 모습이구나
저것이 조금 있으면 홍매화 꽃송이를 머리에 꽂고
엉덩이를 살래살래 흔들며 고샅을 휘젓다가
뭇 사내들의 가슴팍을 뒤집다가
거품을 물고 엎어진 명자꽃 누이처럼
봄 아지랑이를 한 바지게 몰고 오겠구나
가지 말래도 가버린 옛 님처럼
오지 말래도 날래게 문지방을 넘어오는 빚더미처럼
가슴을 철렁하게 하고
아침은 아직 어둔 이불 속에 뒤척이는데
처마 끝 고드름에 비추인 입춘의 햇살마냥
미웁게도 마루턱에 걸터앉아 봄비를 재촉하는구나
저것이 아직 벙글지도 않은
노란 산수유 꽃가지를 한 광주리 훔쳐 가겠구나

# 슬로건
— 세월호 참사 500일에

**나해철**

빛나는 미소로
4.16을

환한 웃음으로
세월호를

기억하자
생각하자

진짜 민주주의가 올 때까지
역사의 끝까지

울음은 뼈 속에
분노는 심장에 자라게 하고

둥근 달에서 환히 쳐다보며
웃는 단원고 아이들 바라보며

# 대각선의 길이

**나희덕**


안전해 보이는 사각형도
대각선 하나만 그으면 두 쪽이 나지

한 변과 다른 변 사이에 생긴
또 하나의 빗변,
아이는 열심히 대각선의 길이를 구하고 있고
너는 대각선으로 보이는 곳에 서 있고

내가 빗금처럼 달려갈 수 있는 것은
우리가 이웃하지 않은 두 개의 점이기 때문

한 변의 길이와 다른 변의 길이는 반드시
같지 않을 수도 있습니다.
그러나 마주 보는 변의 길이는 아직도 같습니까?

한 점에서 다른 한 점으로 내리긋는 동안

어디론가 불려 가는 것들
불려 가면서 다른 존재를 불러오는 것들
종종걸음으로

수평선과 수직선을 가로질러 아주 멀리 가는 것들

짧은 궤적을 남기며 사라지는 것들

수직선 위에 놓인 두 점 사이의 거리
주어진 점과 직선 사이의 거리
점P와 점Q의 좌표
기울기가 −3이고 점(−3, 10)을 지나는 직선의 y절편

아이가 대각선의 길이를 구한 뒤에도
너는 여전히 대각선으로 보이는 곳에 오래 서 있고

# 광화문

**남효선**


"또 잊혀질 거예요. 없는 사람은 늘 그렇게 살아왔잖아요."

사백 여린 영혼을 수장한 대한민국 모퉁이
영안실 활짝 웃는
여린 영혼 앞에서
에미는 울음을 꾹꾹 참으며

미동도 없이 서 있다.


일인시위 마치고 집에 가는 길, 가다 말고 지하철역 바닥에 앉아 울고 있다.

"새민련 너희 뭐냐? 구해주러 온 해경인 줄 알았더니 팬티만 입고 도망가던 선장 일행이구나!"
"'아, 저는 지금 정치 활동 중입니다. 엄마는 정치 활동 중!'이라고 답할 거다."

"우리 아이가 4시 반에 돌아오니까 그때까지 집에 가려면 광장에서 3시에 나가야 한다. 그러니까 11시에서 3시까지. 그게 내가 쓸 수 있는 최대한의 시간, 최선의 방법이었다."

"이번엔 가만있지 않을게요. 제가 뭐라도 할게요. 안 되면 광화문 네거리에 나가 피켓이라도 들고 있을게요."

"'안타깝지만 어쩌겠어요. 또 그렇게 잊혀지겠죠. 늘 그래왔잖아요. 없는 사람들은 항상 그렇게 살았어요.' 그 말을 듣는데 갑자기 내 안에 있던 뭔가가 확, 울컥하고 올라오는 느낌이었다."

광화문광장 노란 리본 풍선처럼 날아오르다
바닥으로 떨어진다.
초여름 비에 흩날리는 꽃잎이다.
꽃을 찾아 팔랑팔랑 세상을 유영하는
노란 나비 날갯짓이다.

# 죽음을 꿈꾸는 신들

## 노용무

내 홀로 나를 살아도 너희가 나인 양 삶을 꿈꾸어도
네온사인이 신령을 명명하는 이 사회에
나를 창조한 인간이 두려운, 영원불사의 고뇌를
너희들이 진정 나를 아는가

마천루 같은 빌딩 서로서로 바벨탑의 그 높이를 더해가고
경전에 갖힌 글귀가 찢겨져 나간 만큼 묵시록으로 들어오는
지폐의 단위에 따라 신의 부표가 더 올라가는가
불러도 불러도, 알레고리화된 예언을 보내도
그대들은 그대들의 물음에 스스로 자족하는 부름을 잉태하고
모두가 나를 향한 시선으로 모아질 때
우리들은 죽음을 꿈꾼다

끊임없는 삶의 욕망에 젖은 두 얼굴
죄지음과 죄 사함의 순환을 목에 걸고
이승과 저승의 효용가치를 팔고 사는 이 사회에서
명품처럼 포장된 면죄부를 합장한 기도문 속에
인간의 신화와 관념 속에
태양신도 되었다가 바람신도 되었다가 또는
대지의 신도 되었다가 저마다의 유일신도 되는
우리들의 운명을 창조한 아버지여

주어진 역할을 강제하며 일탈을 금기시하는
인간의 언어적 상상력을 거부하며
내 홀로 내가 죽을지언정
너희가 진정 나를 사를 수 있을까

# 묵언과 무언 사이의 꽃

**도순태**

얼마나 오랜만에 나 여기 왔는가
겨울 동화사는 고요히 늙어버렸다
일주문 아래서부터 등이 묵언으로 굽어
굽은 등 밟고 가다 마음이 피에 젖는다
나는 잠시 땅에 묻었던 허리를 펴고
그 겨울에 피었던 오동꽃을 찾는다
대웅전으로 가는 소나무, 잣나무들
춥다, 춥다며 세한에 웅크리며 지나간다
대웅전 단청도 뼈 시리도록 추웠는지
푸른 빛깔이 푸른 입술로 시퍼렇게 얼어 있다
후두암을 앓는 친구는 말이 없다
말하지 않아도 말하고 있는
친구의 눈 속으로 오동나무는 걸어온다
오동나무는 잎 달고 꽃 피운다
오동꽃들이 떨어져 길을 만든다
친구의 눈부처로 되비치는 오래된 신화를
나도 따라 읽을 수 있을 것 같다
동화사는 오동나무가 있는 꽃 가람
한겨울에 피었다는 그 옛날 오동꽃을
나는 친구의 눈 속에서 보고 있다

# 스승

**도종환**

빨랫줄에 걸린 누추한 수건처럼
내 청춘이 펄럭이고 있을 때
내겐 스승이 없었다
느티나무를 스승으로 모시고 싶었다
월악산을 스승으로 삼고 싶었다
그러나 지독한 고독만이 스승이었다
수시로 찾아오는 좌절만이 스승이었다
주위엔 찌그러진 주전자 발로 차인 깡통
반쯤 탄 연탄 같은 것들만 모여 있었으니
스승 없는 걸 탓할 형편도 못 되었다
별빛이 홀로 시의 스승이었다
세속 도시 한복판을 흐르는 강물이
잠깐씩 인생의 스승이었다
세로쓰기로 된 낡은 문고판이 스승이었다
호를 가진 스승을 모신 이들은
얼마나 뿌듯했을까
거창한 스승도 등불도 없이 여기까지 왔다
내 안에도 내 스승이 없어 외로웠다
꽃이 피고 꽃이 져 여기까지 왔다

# 개미가 개미에게

## 라윤영

톱날에 베인 나무처럼 공장에서 해고당했다
호주머니에 남은 천 원짜리 지폐와 동전 몇 개
공원 빈 의자에서 강소주를 들이켠다
이유 묻지 않는 낡은 의자가 자리를 내주었다

땅바닥에 개미가 지나간다
나도 가난한 일개미였다
앞만 보고 걷는 개미 앞을 딱 막아섰다
멈칫 올려다본 개미와 눈 마주친다
개미를 보는 개미는 안다

검은 몸뚱어리 험한 세상 앞만 바라본 행로를
밟혀도 죽고 강물을 만나 돌아가기도 하고
때로 향기 좋은 꽃밭을 지나기도 했다

푸른 이파리는 허공의 좋은 침대다
나무에 올라가 운수 좋은 날
하늘광장의 흰 구름들 휘휘 저어 구름지도를 새겼다
골목길 따라 발자국 도장을 찍고
개미가 개미에게 가고 있다

# 사람들은 모두가 제 짐을 싸는구나

**류명선**

깨끗함도 세월 가니 더러워지는구나
쑥물 들어버린 마음에 잎사귀 돋듯이
마음속에 키 커버린 아픔도
멍청하게 내리는 비처럼 스산하구나
간밤에 도적처럼 비가 와서
거리마다 뿌려놓은 눈물 한 사발
시들어가는 사람들의 한탄이 보이는구나
날마다 닥쳐오는 불안에 무서워 숨고
독촉하는 사람들의 전화벨 소리가 징징거리고
세상이라 말하는 곳에는 모두가 싸늘하구나
누가 깨어나 따뜻하게 손잡아 주는 희망 내밀까
교회당 십자가는 날마다 늘어나도
믿는 사람 하는 짓거리는 아직도 멀었구나
사람들의 천성은 어디 간데없고
짐승처럼 울부짖는 세상만 공허하게 남았구나
날마다 깨어나 다시 본 세상
종말이 찾아온 듯
사람들은 모두가 제 짐을 싸는구나

# 싱크홀

**류인서**


달을 주홍빛 음문이라고 쓴 시인이 있다.
지금 우리에겐 진하고 따뜻한 피를 흘리는 신이 필요하다 말한
그녀의 검은 땅, 검은 몸을 생각했다.

달을 본다.
우리가 가진 것은
버린 트렁크처럼
상한 양파 비린내 머금은 달,
숨은 지배자의 뒤집힌 모자처럼
검푸른 어둠을 방전하는 입이다.

달빛 얼룩은 이 거리의 오랜 복식이고
우리는 치마 속에 감춘 것들이 많다지.
선신이 태어나기에도
짐승이 태어나기에도 좋은 지금이라고

수다스런 거리는
피의 비밀을 서둘러 지우러 간다.
읽히기도 전에 무가지無價紙처럼 버려져 사라지는 울음.

불빛이 어둠을 파먹는 동안
달의 찢어진 입술이
공회전하는 거리를 삼키는 동안

# 까치발집

**마선숙**


하천 위에 지지대를 하고
한 발은 땅 위에
한 발은 물 위에 발돋움하고 서 있는 탄광촌 까치발집

우리를 얼지 않게 따스하게 감싸고
김 나는 밥을 먹게 해주었던 그 연탄들

해도 검고 달도 검고 꽃도 검고 눈물조차 검었던
산업전사 시골 아버지의 등 같다
갱도에서 폐가 삭아가듯
가족을 위해 멍들던 아버지들은
검은 연탄이 시뻘겋게 타오르듯 치열하게 살았다
벌서듯 한 발을 까치발처럼 들고 서서

폭약 같은 우리네 삶 속의 까치발들
그 생과 사 그리고 아버지

# 만촌晚村

**문인수**


태어나 자란 곳을 고향이라 한다면 인생 말년 수년,
혹은 수십 년을 산 그곳은 무엇이라 하나.


나는 지난 1987년부터 2015년 현재까지 여기
대구시 수성구 만촌동에서 산다.


이 도시의 골목길에도 지금 구석구석 민들레가 돌아온 봄이다.
　나는 요즘 자주 그 무엇인가 서운하여 이 거리 저 거리 각 거리 느릿느
릿 돌아보는 곳,
　晚村, '늦이마을'이라는 이 우리말 풀이가 참 좋다.

# 슬픈 눈

**문창갑**


암 병동 복도 창문 밖 화단에
목련꽃 피었습니다

그 꽃,
오래 바라봅니다
휠체어를 타고 온 고요한 사람

작년에도
암 병동 복도에서 목련꽃 바라보던
슬픈 눈이 있었습니다

목련나무는 문득
작년 슬픈 눈의 안부가 궁금합니다

# 제기랄 시론

**문철수**


밥같이 경험하고
똥같이 써라라고 쓰고
길고 긴 사족을 달다가

근데 무슨 설명이
더 필요한가 싶어
썩은 무 썰듯 버린다

시는 그저
밥같이 경험하고
똥같이 쓰는 것일 뿐

# 두 소년

**문태준**


굵은 눈이 막 올 때는
두 소년이 생각난다

어느 해 어느 날인지는 가마득해 잊었지만
땔감을 사러 보육원에서 트럭이 온 날이었다

산 밑 우리 집에 따라와
땔나무를 싣던 두 소년

트럭 짐칸에 타고
굵은 눈 속으로 멀어져 간

두 소년은 나와 또래라 했다

# ⟨파토스 교향곡⟩

**민경란**


녹턴이 론도로 고정된 시각을 뒤엎으려면
성긴 별들의 이빨에 건반을 장치할 것
그리고는
별이 빛나는 밤을 노란 손수건으로 변주해보는 것


그러노라면
손톱 끝부터 부풀어 오르는 연주를 듣게 되지
음악이란 보이지 않는 약속
형식에 베인 손가락들이 연주장을 구르고 또 굴러
약을 바르노라면
손톱 밑에서 응축되는 멜로디
찻잔 속 수면과도 같이 파랗게 질리는데


이것은
물속에 빠진 거울을 건지는 행위가 아닐까
말랑말랑, 눈꺼풀을 주물러보아도
진정성의 바코드는 찍히질 않아


건물과 건물 사이
겹겹, 옷과 몸 사이
노래가 통과하려면 젖은 눈의 프리즘이 필요해

영혼을 돋우어 새벽을 켜는 신들의 탄주
방치되었던 음악들이 아침의 숲처럼 기지개를 켜는 시간
내 안의 파토스
아직 잠 속의 베개만 찢고 있어

# 참말로 벨 일이여

**박경희**

경희 아배는 왜 한 번도 안 온다냐. 여즉 논에서 일하는 겨? 오째 이리 얼굴 보기가 하늘에 별 따기여. 하늘 깊어진 것 보니께 벼 벨 때가 된 것 같기는 헌디, 암만 그려도 그렇지 엄니 얼굴 잊어부리믄 안 되지. 참말로 벨 일이여.

아무 말도 못 하고 빛바랜 요양원 그늘만 만지작거렸다 치매 걸린 할매가 정신 한 번씩 돌아올 때마다 아부지를 찾는데 울안에 벼락 맞아 쓰러진 향나무가 저승 간 지 오래라고 차마 말도 못 하고 그저 틀니 빠진 주름진 입안에 사탕 하나 넣을 뿐이다

# 평화롭게

**박구경**


누구나 돌아갈 때면 가장 간단한 차림이 된다
다만 어머니가 들려준 배냇저고리의 착한 기억을
손금 속에 가만히 쥐고
콩꼬투리 돌아 나가는 바람처럼 부드럽고 평화롭게

# 말뚝과 반란

**박남준**


고정되어 있는 운명이 있다
누군가 다가와 그의 목에 줄을 매고
묶어놓기를 기다리는
그렇게 해야만 일생이 완성된다고 생각하는

바닷가 움직일 수 없는 말뚝 너머로
물이 들고 물이 난다
닻줄을 맨 말뚝의 시선으로 눈 걸음을 적셔본다
한 번쯤 저 말뚝 스스로를 송두리째 무너뜨릴
해일을 꿈꾸었을까

세상의 어느 바닷가
포구에 흔한 말뚝이 전혀 다른 각도로 다가왔다
흐린 하늘과 취기 탓이었나
청춘의 반짝이던 문자들이
갯벌에 새긴 물결의 흔적처럼 재상영된다

내게 박힌 말뚝은 무엇인가
아직 살아 있으므로
흔적이 쉬지 않는다
틈을 비집고 들어온다
반란의 꿈이 있었던가 너무 녹슬지 않았다면

# 꽃잎의 여자

**박덕규**


작은 여자
목소리가 모깃소리 같다
입도 모기 입 같다

기차는 벌판을 달리고
작은 여자
기차 소리에 묻혀 있다

작은 여자
차창에 묻은 빗방울 같다

꽃 이파리
조막손 몇 개
공중에 묻은 것 같다

온몸이 바람 되어
날아가는 것 같다

기차는 벌판을 달리고
작은 여자

바람에 날려서

생생해지는 것 같다

생생해서 그대로 벌판 같다

# 가여운 나

**박두규**

아흔 살 노모를 가끔 드나드는

서툰 언어들이 고기 떼처럼 몰려다니며 어지럽히는

자리를 찾지 못한 퍼즐 한 조각으로 우주를 떠도는

빈집의 먼지 낀 정물화 한 점으로 달랑 걸려 있는

시간의 유속을 부정하며 지상의 모든 시간을 헤매는

스스로의 감옥에서 종신형을 사는

일상의 눈앞에 있는 그대를 기억해내지 못하는

물이 물과 섞이지 못하고 불이 불로 타오르지 못하는

값싼 눈물과 속된 사랑을 끝내 벗지 못하는

가여운 나.

# 나사를 보면

**박몽구**


남들은 나사를 굳게 조여야 한다는데
나는 나사를 보면 다 풀고 싶다
내 나이보다 더 늙은 라디오에서 흘러나오는
빌리 할리데이의 흐린 재즈를 듣다 보면
라디오 뒤쪽으로 가 나사를 풀고
낡은 덮개를 연 다음
꼭 조여든 멱살을 풀어주고 싶다
늙은 진공관에 달라붙은 먼지를 털어내
그녀의 쉬고 지친 목소리에
봄볕 한 줌 얹어주고 싶다

분장실 한구석에서 가슴을 드러낸 채 마약을 했다고
옐로우 페이퍼들은 지면을 도배하지만
갑갑한 라디오 캐비닛에서 꺼내
할리데이의 등에 지렁이가 기어간 듯
구불구불 패인 채찍 자국을 가려주고 싶다

주말 저녁 심수봉의 노래를 듣다 보면
후줄근한 가을비도 내리지 않는데
나도 모르게 횡격막이 팽팽하게 젖는다
그런 밤에는 티뷔의 나사를 풀고
궁정동 밀실에 묶여 있는 심수봉을 꺼내

147

가슴 깊이 잠복한 피멍을 풀어주고 싶다

다들 나사를 조이기에 바쁜 세상
스위스 비밀금고에 뭉칫돈을 넣은 채
보이지 않게 나사를 조이고
팽목항에서 사라진 일곱 시간이 담긴 파일을
꼭꼭 조인 나사는
대가리를 뭉개버려 풀 수도 없다

손석희의 뉴스 룸은 넓지만
할 말은 끝내 물 밑으로 잠겨 나오지 못하고
겉으로 화려한 쇼들로 시끄러운 저녁
나는 늙은 라디오의 나사를 푼다
먼지 성성한 스피커가 삼켜버린 말들을 찾아
비밀의 켜들을 연방 털어낸다

# 충혈

박설희


거센 바람에 떠밀려 가다 보았다
공중에 멈춘
갈매기 한 마리

날개를 힘껏 쫙 펴고
필사적으로 견딘다
깃털마다 부풀리는 바람

침묵으로 저항하는
몸뚱이가 부들부들 떨린다
떠밀리면 모든 게 끝이라는 듯
충혈된 몸

저 멀리 방파제에는 펄럭이는 옷자락들
새우깡을 낚아채는 부리들의 묘기로
함성과 웃음이 폭죽처럼 터지는데

날개를 꺾을 듯 몰아치는 바람 속
공중에 닻을 내려
제자리에 머무는 법
세상의 바람은 다 와보라는

그 시선이 뚫어지게 닿은 곳
바람에 꿈쩍 않는 바다
지구가 생겨난 이후로 꿈쩍도 않는 바다

# 봄

꽃들이 떠나고
나무들이 떠나가고
학교는
말을 잊었다

적막한 밤
노란 현수막이
잠 못 들고 뒤척이는 도시

교정을 찾는 발걸음은
담장 앞에서
눈동자가 붉다

사월 십육일
봄날의 꽃과 나무는
어디에서 푸를 것인가

이천십사년
멀고 오랜 수학여행을 떠난
교실의 창마다
달이 뜨고
빈 하늘에 별빛이 깊다

# 바다

**박수련**


바다에
수평선이 안개에 가려
멀리까지 보이지 않는다
이 내부의 끈끈한 점액질로부터
달아나는 내 눈에 보여지는 바다

보이지 않는 것에서
보이는 것으로

가시적 굴레 밖으로
물러갔다 돌아오는
웅대한 바닷소리
내 발목을 덮쳤다가
하얗게 쓸어버리는
파도의 푸른 골절상을
투명하게 비추는
저 광막한 벌판을 향해
가슴을 비우는 나

# 바람 박물관

**박순호**


바람이 찍어놓은 좌표를 수소문한다
탱자나무 가시는 날카로운 촉을 세우고
석탑 모서리는 뭉툭하다
고민을 몰고 지나간 흔적들
바람 앞에서는 온전한 것들이 없다
정해진 잣대도 없이 다짜고짜
살부터 섞고 본다
한없이 감미롭게
때로 무자비하게
파고들어 갔다가 빠져나올 뿐이다
몸에 붙은 부스러기를 털어내며
텅 빈 그물이 된다
오늘도 생살 몇 점이 떨어져 나가고
전리품처럼 쓸쓸한 날짜들을 모아둔다
하얗게 뼈가 드러나 다친 삶
엎어놓은 그릇처럼
바람 박물관에 전시된다

# 그 저녁, 그 술자리

**박승자**


그 저녁, 그 술자리가
꺼지지 않는 촛불이 될 수 있을까
수목이 빽빽한 내일의 밤의 숲이 될 수 있을까
사람들은 취해서 술잔이 엎어지고
웃음이 낮은 천장에 박쥐처럼 매달린
밀물이 밀려든 해안가 낡은 주점
마주 앉은 자리,
소란을 즐겁게, 팽팽하게 감당해내던
앙금이 가라앉는 탁주가 맑게 얼굴을 비추던 술잔,
이 자리가 끝나면

아무도 모르는 긴 이별의 숲으로 당나귀를 끌고 가겠지,
아무도 당나귀 방울 소리를 들을 수 없겠지
가끔 그 해안가를 걸쳐 온 바람이 귓불을 얼리겠지
별은 더 고요하고 적막하겠지
지상의 시간으로 흐르는 별의 맥박을 짚으며

숲에서 이미 정령이 되어버린 어머니를 떠올릴 것이다
한없이 쓸쓸한 사랑을 정령의 치마폭에 쏟아낼 것이다
당나귀가 숲을 나가자고 방울 소리 높이며
애써 마음의 소리를 외면하겠지
사랑, 쓸쓸한 당신
하현달은 내 그리움의 긴 머리를 성글게 빗긴다


154

# 네안데르탈 13
—출항

**박우담**


갑판에서 바라보는 바다는
칠흑이다
누가,
별자리를 다 지워버렸는가


검은 구름은 별똥별의 그림자를 삼켜버렸고,
바다는 숨결만 증식되었으므로
나는 갓 끊긴 탯줄처럼 갑판에 홀로 앉아 있지


한 손에 창을 든 반인반마의 흉측한 모습으로
새벽별을 기다리는 건 내 전생의 기억이지


얼굴을 묻은 시간의 자궁에서
또 다른 우주를 낳기 위해
새벽별을 나르고 있다고 생각하지


검은 구름으로부터 빛은 시작되었고
나의 영혼은
흔들리는 전생을 이끌고
또 다른 신탁 속으로 흘러가고 있지

# 동지의 어둠 속으로
— 통합진보당의 해산이 있던 날 『황제내경』을 보다가

**박원희**

눈이 눈으로 보이지 않는 길에서 나는 간다.
눈보라 가득한 숲에서 길은 느리고
좌측 팔이 아프면 우측이 힘들고
기억을 내딛고 있는
좌병우치의 험난한 치병의 밤을
어제의 눈보라가 밤하늘의 별빛으로 빛나는 시대
아들의 생일은 음력으로 오고
빛나는 세월은 양력으로 오는
혼돈의 기억 속에서
동지의 어둠이 온다
그믐을 지나 초승의 달은 언제 도착하려는가
눈을 눈으로 보지 못하는 세월을 바라보며
눈보라 가득한 세상

동지가 왔으니 해는 차고
달은 기울려는지

황제黃帝가
묻는다

백성들이 아프고 가련한데
어찌하여

156

기백岐伯 선생이여

좌측이 아프면 우측을 돌아보아야 하는가

# 방아쇠수지증후군

박이정


한 알의 사과가 한 그루의 사과나무 한 그루의 사과나무가 한 집의 과
수원 한 집의 과수원이 한 마을의 과수원 한 마을의 과수원이 한 도시의
과수원 한 도시의 과수원이
한 나라의 과수원

한 알의 홍옥 하늘에 떠 있는 빌딩 사이로 사라지자
차들이 헤드라이트로 붉은 사과를 띄우며
과수원 나무 사이로 지나간다
사과로 꽉 찬 나라 심장부의 왕복 팔 차선은 사과 주차장
CCTV는 고장이 나서
실시간 교통방송을 내보낼 수 없는,
사과 체증을 일상사로 받아들이는
사과의 나라

진심이 담긴 사과를 받고 싶어
위층 새댁은 몇 번 쪼개본 경험이 있다는 사과 옆 동 할머니는 유모차
를 끌고 나가 한 번 쪼개봤다는 사과, 한입 베어 문 사과 덩어리가 목에
걸려 숨이 막혀본 나는 사과 한 알의 무게도 겨우 두 손 받쳐 들어야 하
는 방아쇠수지증후군에 걸린 환자,
아예 쪼갤 엄두를 못 낸다

# 전조등을 켜면

박일만

스쳐 가는 눈을 들여다볼 수 있을까
바퀴가 지배하는 긴 풍경과
일렬로 진군하는 가로수에 가위눌린 사람들
주름진 일상을 볼 수 있을까

전조등을 켜고 훑어봐도
접점을 잃은 삶엔 평행선만 이어질 뿐
바퀴가 가르는 바람의 살덩이가
길바닥 위에 흩어지며 아픈 소리를 지른다

얼마쯤 가면
내 남루한 삶의 배경도 볼 수 있을까
조각들로 기워진 보도블록 위 토악질 자국에
목울대를 넘어오는 신산함을 삼켜본다

얼마나 밝아야
손금에도 없는 후생,
쇼윈도에서 사계절 내내 웃고 있는 가족사진
식솔들의 전생까지 읽어낼 수 있을까

둥근 빛에 갇히는 안개의 입자들, 사람들
밤 무지개가 환하게 피는

전조등을 켜면
어둠에 휘말려 속수무책인 현생이
머~언 발치로 달아난다

# 지네

**박재연**

살 발라낸 사람의 등뼈는
한 마리 지네를 닮았다
열아홉 개의 절지를 거느리고
벼랑을 타는 지네를 닮았다

핏줄과 권속을 거느리고 집안의 장남으로 삶의 벼랑을 타던 그가 삼성병원 11층 암 병동에서 머리를 밀었다 무균실 저 안쪽에서 겹겹의 문이 차례로 열리며 링거 꽂은 지지대를 밀고 그가 천천히 걸어 나올 때 오후의 햇살은 잠시 마른 등뼈 위로 흘러내린다 스물네 개의 척추에서 흘러내린 등뼈의 이름들 경추만곡 흉추만곡 요추만곡 골반만곡이라 불리는 해부학 용어들이 흘러내린다 지네의 절지들이 흘러내린다 척추뼈를 이르는 해부학 용어는 눈물겨운 단어 굽이굽이 돌아가야 비로소 진경을 보게 되는 힘에 부쳐도 포기할 수 없어서 더 눈물겨운 단어 그가 골수를 채취해 간 골반만곡을 보여줄 때 지네 한 마리 기어가다 움찔 놀라는 형상이다 다시 벼랑을 타려고 절지를 움직이는 형상이다

# 암살

**박재웅**


암살
지금도 누군가 싸우고 있다는 것을 보여줘야지
우리를 잊지 마

국민들
그들을 잊지 않고
진실된 역사를 위해 싸운다는 것을 보여줘야지

역사에 묻힌 그들의 외침을 기억하고
그들을 지우려는 거짓된 역사를 거부한다는 것을 보여줘야지

이 땅의 독립과 민주주의를 위해
싸우다 숨져 간 수많은 이들

우리가 그들을 잊지 않는다는 것을
기억하고 있다는 것을 보여줘야지

수백 년이 흘러도
그들을 잊지 않고 그들의 외침을 기억하는 것
그것이 바로 역사다.

# 오리공화국

박정원


사람들은 모르지
내가 얼마나 발을 동동 구르고 있는지를
물과 물이 부딪쳐 멍든 상처가 더욱 푸르게 빛내는 줄을 모르는 강물
처럼
당사자만 모르지
발바닥이 부르트도록 뛰어다니는 사람이 얼마나 아름다운지를

하루 벌어 하루 사는 저 새 같은 놈이라고 말하기보다는
사람답지 않은 사람 속에 사는 새가 얼마나 새답지 않은지를 먼저 짚
어주면 안 되겠니

물속을 헤집던 발을 거두자 누가 내게 돌을 던진다
저 새만도 못한 놈 당신의 돌팔매에 수백 번도 맞아 죽었을 놈
강물이 저리 시퍼런 것은 사랑 하나로는 사랑을 할 수 없기 때문 사랑
으로 코팅한 오리발을 냉큼 디밀었기 때문

새 을乙 자字를 내려놓고 강물 속으로 파고드니 들리지도 않는 소리가
나를 들어 올린다
온 나라를 들이마실 듯 배스와 블루길이 판을 치는 강물 속에서

나는 알지
하늘이 결코 파랗지 않다는 것을
강가에만 나오면 사람들이 왜 넋을 잃는지를

# 사는 게 참, 참말로 꽃 같아야

**박제영**


선인장에 꽃이 피었구만
생색 좀 낸답시고 한마디 하면
마누라가 하는 말이 있어야

선인장이 꽃을 피운 건
그것이 지금 죽을 지경이란 거유
살붙이래도 남겨둬야 하니까 죽기 살기로 꽃 피운 거유

아이고 아이고 고뿔 걸렸구만
이러다 죽겠다고 한마디 하면
마누라가 하는 말이 있어야

엄살 좀 그만 피워유
꽃 피겠슈
그러다 꽃 피겠슈

봐야 사는 게 참, 참말로 꽃 같아야

# 서릿길

**박종훈**


기러기는 밤하늘을 날아가고
나는 서리 내린 갈대밭을 헤쳐나는 중이다
닭 울음소리 들리는 저 마을을 여러 날 지나왔을지는 모를 일이나
서천의 초승달이
흰 갈대 잎에 눈썹이 버혀 새파랗게 사위는 것을 보니
기러기가 어느 피리 구멍에 트여 날아가고 있는지 알겠다

# 돌고 돌고 돌고

**박찬**

AM 6 : 00. 공장을 나선다. 아직 꺼지지 않은 가로등이 붉은 눈알을 비비며 나를 바라본다. 야윈 바람이 재빠르게 나의 등에 올라탄다. 밤새 범퍼를 끼워 넣던 동작으로 나의 몸이 반사적으로 움직인다.

몇몇이 대기조처럼 편성돼 세월을 기다리고 있는 정류장. 기다림에 익숙해진 눈동자들이 조립라인 순서대로 줄을 맞춘다. 몸 뒤집을 수 없는 꿈처럼 생각이 움직이지 않는다. 고장 난 셔터인 양 눈꺼풀이 닫혀진다. 멀리서 버스가 돌아온다. 아니, 돌아오는 것은 길인지도 모른다. 바디*는 늘 행거**에 매달려 라인을 돌았다. 그 라인을 따라 비틀리고 조여지는 부속품들. 어쩌면 조립하는 것이 아닌 조립되어지는 것이라는 생각.

버스가 선다. 잘 조립된 사람들이 버스에 실려 다음 공정으로 향한다. 생산 라인처럼 팽팽한 세월이 질서 정연하게 거리를 돈다. 햇살이 바디를 흔들며 천천히 다가오고 있다.

---

* 자동차의 차체.
** 자동차 바디를 이동하기 위해 거는 장치.

# 흰 소*

**박찬세**


화포畫布 너머에 산이 있었고 산 이전에 소가 있었다

남자는 뼈가 드러난 산을 오래도록 보고 있었다

지친 소가 화포 속으로 걸어 들어올 때까지

소의 긴 울음이 산을 휘돌아 붓을 세울 때까지

어디 하나 상처 아닌 곳이 없는

갈아엎어 놓은 땅 희끗희끗 뼈들이

흙냄새를 풍기고 있었다

남자는 잃어버린 것들에 대해 생각했다

화포 속으로 들어온 소가 남자를 바라볼 때까지.

남자는 붓을 들어 소를 쓰다듬기 시작했다

붓이 닿는 곳마다 남자의 거친 숨소리가 산맥으로 일어서고

헐거워진 뼈들이 단단해지기 시작했다

또 한 번의 긴 울음이 산을 휘돌고 있었다

산과 소를 화포 속에 담고 무덤같이 적막한 집으로 남자는 걸어 들어
갔다

눈이 내리면

남자가 그린 소들이 백두대간을 타고 북으로 북으로 내달리는 소리가
들렸다

* 이중섭, 1954년 작.

# 오뉴월

**박철**


조부는 비위가 약한 분이었다
69년인가 사람이 달나라에 갔다고 요란들일 때
마치 요즘 손전화 들고 다니는 거 못 보는 이처럼
쾅 하고 미닫이문에 찬바람 일으키며
저 광활한 우주에 비하면 달나라는 자부동 안이다
그깐 거 좀 갔다고
아마 조부는 당신이 노닐던 땅뙈기 잃은 양 싶었는지
며칠 더 오뉴월 고뿔에 시달렸는데
오늘 보길도 동백숲 사잇길을 지나다
몽돌 위에 쏟아지는 별들 보며
나 또한 뭔가 우루루 잃어버리는 설움에
바닷물 휙 걸어 잠그고 돌아눕는 오뉴월

# 新주기도문

**박태호**


주여, 살아갑시다

도시는
허무주의가 알맞고
산촌은
예배당 옆에서 살기가 알맞습니다

가진 자는
가질수록 모자라게 하시고
마음이 가난한 자는
가난할수록 모자람이 없게 하소서

저희가 쓸 것은
저희가 마련하겠나이다
당신이 쓸 것은
당신이 혼자 마련하시기 바라나이다

# 소문

## 박흥순

사람들이 신바람 나게 눈덩이를 굴리고 있어
굴리던 눈덩이로 눈사람을 만들어놨어

붉은 고추로 코를 대신하고
숯검댕이로 입을 아귀처럼 좍 찢어놨어
머리카락은 글쎄 시래기로 한 폼을 잡았고
귀는 말이야, 당나귀 귀인 게야
무슨 재미있는 이야깃거리가 있나 쫑긋하고 있어
눈썹은 푸른 솔잎으로 붙여놨는데,
눈사람이
두 눈은 꼭 감고 있는 폼이
골목길에서 눈덩이처럼 부풀어가던
이야기들이 마음에 걸렸었나 봐
근데 말이야, 재미있는 것은
눈사람이 외계인처럼 이상하게 생겼다는 게야
눈코입귀 모두가 삐뚤빼뚤이야
보면 볼수록 웃음이 절로 나와

골목길에 눈덩이처럼 굴러가던 이야기처럼
완전, 삐뚤빼뚤 제 마음대로야

# 유목의 바람

**배교윤**


척박한 유목의 땅
바람은 말발굽을 울리고

천년의 중력이
구름의 무게에 실려
길 없는 길을 순례한다

높은 곳 낮은 곳 경계가 없는
초원의 한낮, 굴절되는 햇빛

무종無終의 문에 담기는 징기스칸의 영혼
오색 파르초의 풍념경風念經*

알타이 산맥을 넘어가는 바람이
경전을 읽고 간다

* 불경이 적혀 있는 오색 깃발의 이름.

# 개는 개다
## -구포시장

**배재경**

새벽녘 구포장을 거닐다
그 적막한 풍경에 숨이 멎다
한나절 시끌벅적했던 골목골목마다 스며드는 스산함
길바닥 어디에선가 누린내가 진동하고
그 침묵과 모반의 정적을
대로변 취객들이 깨부순다
갑자기 어디선가 컹컹 개가 짖는다
그러자 또 한 곳에서 개가 짖는다
연이어 이곳저곳 어둠의 병정이 지배하는 골목길로
느닷없이 컹컹 개들의 반란이 시작되었다
조용한 정적의 시장터에 울려 퍼지는 뜨거운 경계음
그러고 보니 구포장의 명물 개시장에 들어선 것이다
복개천을 따라 길게 늘어선 시장 길을 휘젓는 칙칙한 공기들이
차갑기만 하다 그 공기를 가르는 개들의 함성이 뜨겁다
그렇구나, 이곳은 저승길로 가는 개들의 마지막 정거장이구나
골목마다 뿜어져 나오는 특유의 누린내가 형장의 체취임을
보신으로 내던져질 몸뚱아리를 잠시나마 저당하는 곳임을
느끼는 순간, 어디에도 개는 보이지 않는데,
봉두난발 아우성치는 컹컹거림만 골목을 휘젓는다
영어囹圄의 몸으로도
낯선 이의 방문을 절대 허락하지 않는 저 성성함,

서둘러 시장 길을 빠져나와 택시를 탄다
이 부끄러움은 무엇인가?

# 뭔가를 하는 거다

**백무산**


얼굴 반쪽이 흘러내렸고
목발을 짚었고 때 절은 플라스틱 그릇을 든 사람이
흘러간 유행가를 부르며 내 앞에 흘러간다
도무지 이 세련된 도시의 지하철에서 밥을 구하는 방식이 아니다

주든 안 주든 그릇을 내밀지도
참담한 표정도 애걸하는 눈길도 주지 않는다
목에서 나오는 소리는 노래인지 게워내는 소리인지 모를 지경이다

그러나 그는 그렇게 무엇이라도 하고 있는 거다
자신이 가진 것 무엇이라도
불쑥 손바닥을 내밀거나 비참을 연출하지도 않는다
뭔가를 하는 거다

들판에는 아무리 하찮은 몸짓에도 굶기는 법이 없다
누군가의 꾸물대는 몸짓도 누군가의 숨구멍이 되고
누군가의 똥도 누군가의 양식이 되기도 한다
누군가의 슬픈 노래도 누군가의 사랑을 깨운다

서늘하게 내 앞을 지나가는 것
그렇게 뭔가를 하고 있는 것

서늘하다는 것
오직 내게 주어진 것 그 이상이 없다는 것
눈을 번들거리며 자기 자리를 바꾸지 않는다는 것
순환이 되는 뭔가를 차별이 없는 뭔가를
자신이 가진 것 전부를 다해 자신을 잃어버린다는 것
아직 별을 잃어버리지 않고 있다는 거

# 봄 바다

**복효근**


삼월 가까운 해토머리
바다는 동백꽃 초경

금족령 풀린 가시내처럼
머리 풀어 헤친 바람

내리는 비에
그깟 꽃 몇 개 떨어졌을 뿐인데

어쩌자고 가슴은
스무 살로 뛰는지

어부횟집
좋은데이 두어 병

절벽을 쳐대는 해조음에
잠은 오지 않고

바닷가 숙소
때아닌 자지가 선다

# 빨간 머리 앤

**봉윤숙**


더 이상 백의의 천사는 없다
반쯤 걸터앉은 시신경은 청진기 소리를 엿듣는다


병실은 누워 있다


통점이 넘쳐나면 새로운 불임으로 붕대를 감는다
날짜들은 기우뚱하거나 구부정하고


바깥은 일회용 장갑처럼 가볍지만 얇은 안쪽에 매달린 것들은 흐르거
나 두껍고 무겁다
꽃밭에 물 주는 아이, 팔뚝에 수액을 꽂는다


"따끔" 멍은 눈빛의 완고를 부르고 앤은 응고된다
소용돌이치다 납작해지는 숲,


반창고는 상처보다 더 많은 시간을
오염시키고 소소한 일이 사소한 일들로 주름 잡힌다


꼬깃꼬깃한 새벽이 피처럼 솟아오른다

# 양 떼

**서수찬**


몽골 초원에서
양들은
개나 사람들이
모는 대로 아무 생각 없이
이리 갔다 저리 갔다
하는 줄만 알았다
햇빛이 푹푹 내리꽂는
지금은 살인적인 여름의 오후 두 시
발밑의 풀들은 소인족에게나
그늘을 주고
온통 주위에는 끝이 없을 정도로
나무 한 그루 없다
폭염을 피해 사람들은
어디론가 가버리고
양들을 지키는 건 이제 저놈의
이글거리는 성깔을 가진 햇빛
철 지나도 겨울 파카를 껴입고 다니는
양들이지만
혼비백산 그늘을 찾아
흩어지지 않는다
한두 마리가 머리를 맞대더니
여러 마리가 보태고

이윽고는 수백 마리가 머리를 맞대어
한 그루의 울창한 나무를 만들지 않는가
그 나무 밑에서
수백 마리의 양이
온갖 것을 잡아먹을 듯한 햇빛의 성깔을
누그러뜨리고 있다.

# 강아지풀꽃

**서종규**

피곤한 몸이 아내 손에 이끌리어
숨 막힌 아파트 모서리를 돌자
풀만 무성한 빈터가 나온다.

아내는 귀엽다며 연신 흔들어댄다
강아지풀꽃 하나 손바닥에 올려놓고
오요요요요요요요 오요요요요요요요
살짝살짝 살짝살짝 흔들흔들 흔들자
강아지처럼 강아지처럼 달려든다고

바람 한 줄기 살랑살랑 지나가자
수많은 강아지들은 흔들흔들 흔들흔들
풀꽃 위 풀벌레는 폴짝폴짝 폴짝폴짝
내 마음도 풀꽃 되어 흔들흔들 흔들흔들

강아지풀꽃 한 주먹 꺾어 들고
아파트에 돌아온 아내는
비어 있는 꽃병을 찾아 꽂는다.

나는 물끄러미 아내를 바라본다.
바둥바둥 도심을 발버둥 치며 살아온 나
풀꽃 하나에게도 마음을 주지 못한 나에게
아내는 강아지풀꽃을 가져다준 것이다.

# 나는

**석여공**


숲길 걷다
이제 막 떨어지는 낙엽
발로 밟았네 미안


이불 개다가
켜놓은 촛불 타오르는 줄 모르고
불꽃 흔들리게 했네 미안


나무 그늘에 앉아 있다
다람쥐 도토리 줍는 줄 모르고
벌떡 일어나 놀라 도망가게 했네 미안


구름 하도 몽실몽실하길래
좋다 좋다 하고 있는데
하필 그때 날아가는 새
똥 싸는 걸 봐버렸네 미안


돌멩이 주워
개울 밖으로 던진다는 것이
그만 개울물에 퐁당 떨어졌네
물에 사는 송사리 떼들
얼마나 놀랐을까 미안

쫑쫑쫑쫑 책꽂이 밑에서
바퀴벌레 기어 나와
아무도 없는 쾌감을 즐기고 있는데
하필 그때 재채기가 나와
참다 참다 터뜨린
천둥 같은 소리에 그만
깽깽이발로 도망가게 했네 미안

# 빅뱅

**석연경**


깨어 있는 닭이 첫새벽을 부르고
전생을 호명하며 양귀비가 핀다
겨울과 한 몸이던 봄이
황무지에 빛싹을 틔우듯
모든 구름이 진실하게 흐르듯
초원을 오래 서성이던 바람의 영혼에
젖은 정적이 붉게 피고
연민마저 나비 떼로 나니
방방곡곡 훈풍이 분다
사향노루 한가로이 숲을 거닐고
동굴 속에서도 하늘이 보이는
그대 환한 생을 위하여

# 낙동강

**성두현**


계절에 풀려난
강물은
푸른빛 처연한 눈빛으로
모래톱을 깎아 제 속살을 허물고

구름은
하늘을 들추어 업고
쉼 없이 사라지는
칠백 리 길을 걸어가고

방죽으로 눈을 뜨는
버들강아지
흔들림으로 봄은 아련하다.

# 호박잎 다섯 장
− 엄지손가락

**성선경**

아이들은 내가 지나가면 엄지를
쭉 내뻗어 보였다. 나는
기분이 좋았다. 나도
엄지를 쭉 내뻗어 보였다
나는 엄지다. 기분이
좋았다. 그래 나는 엄지다
우리는 늘 이렇게 엄지를
쭉 내뻗어 인사를 했다
그래 나는 으뜸이다
이렇게 생각했다
그런데, 그런데 글쎄
한참이나 지나서야 알았다
엄지가 키 작고 배 나온 사람을 뜻한다는 걸
좀 억울하긴 했으나 그래도 나는
좋았다. 그래 나는 엄지다
키 작고 배 나온 사람.

# 옆얼굴의 발견

**성향숙**


마주칠 때마다 외면하는 것은
나를 한쪽 눈으로만 보겠다는 것
입을 꼭 다물겠다는 것
행커칩을 뽑아 속주머니에 넣겠다는 것
와인 잔에 커피를 마시겠다는 것
쓰레기통에 휴지를 던져 넣겠다는 것


반쯤 돌린 옆얼굴엔
담배 연기 같은 미로와 넘기 힘든 벽의 질감이 있다


불러도 반만 돌아보는 옆얼굴 이해하긴 너무 어려워
반만 미안해, 반만 사랑해
몸의 언어를 선호하는 네겐 언제나 말로는 불충분하지
네가 남자에 대해 말할 때
내가 여자에 대해 변명할 때 타인의 말을 빌려오고
그러다 세 명, 네 명이 되는 소란스런 침대


네가 바라보는 쪽은 얼음나라
좋은 아침이야. 산뜻한 키스도 소용없어
한숨도 비명도 안 지르고 냉동이 되는 거울과 식탁에 앉기도 전 찬밥
이 되는 슬픈 아침 인사와 엉뚱한 시간에 멈춰 선 벽시계와 너의 시선에
얼어붙는 가엾은 사물들

너는 다른 곳에 있다

꽃은 꽃의 고집으로 유머 감각을 잃지·않고
나무는 나무의 거만함으로 태양을 유혹하지

사소한 것만 생각하는 사소한 눈빛의 은밀함으로,

# 돌아가는 길

**손병걸**

보이지 않는 눈동자가 자꾸 돌아간다
분명히 앞을 보고 있는 것 같은데
돌아간다 끝내 다 돌아간 눈동자가
오래전 속 깊숙이 감춰둔 나를 본다
어린 날 산 중턱 호롱불 외딴집
갑자기 풍을 맞고 쓰러진 아버지도 그랬다
자꾸만 돌아가는 아버지 입에서는
카랑카랑하던 목소리가 알 수 없는 발음이 되어
다시는 돌아오지 못할 뒤안길로 돌아갔다
안으로 안으로 말려들어 가던 아버지의 목소리
도무지 한 치 앞이 안 보이는 살림살이 때문에
문드러진 속을 훑고 나오는 내 숨소리와 같았을까
숨 가쁜 경삿길에서 돌아간 내 눈동자가
닫혀 있던 마음을 속속들이 여는 동안
산동네 꼭대기 놀이터 하늘 위에서
망막 없는 흰자위를 닮은 달덩이 하나
잠든 아이 얼굴을 어루만져 주는 달빛 환한 집이 가까워지고 있다

# 여섯 개의 관절이 간지럽다

**송명숙**


아이들이 들썩거리며
거실로 방으로 뛰어다녔다
아래층에서 올라와
쿵쿵거리면 조치를 취하겠다고 한다
뛰어다니지 않으려고 몸을 바싹 붙이고
납작 엎드려 기어 다니다 보니
무릎에 다리가 생기려는지 간지럽다
무릎의 털이 솟는다 여섯 개의 관절이 시큰거린다
밤중에 아래층에서 피아노 연습을 하는
소리가 거실로 올라왔다 내려가고
천장으로 튀어 오르기도 한다
내장이 터질 지경이다
여섯 개의 다리를 접으며
계단을 내려가서
아래층 문을 두드렸다
피아노 소리를 줄이지 않으면
수많은 다리로
피아노 소리 속에 숨겠어요
피아노 소리가 들릴 때마다
온 집 안에 간지러운 다리들이 기어 다닐 거예요
당신들의 귀에도 들어가서 기어 다닐 거예요.

# 인문학처럼

**송명호**

인문학처럼요?
만나도 헤어져도 이해관계가 없고…
좋아함과 미워함에 근거가 없고
안 가도 미안해하지 않고
안 와도 서운해하지 않고
좀 틀리면 어때 그래 네가 옳다.
그래놓고는 소신을 굽히지 못한다며
죽음을 불사하고
죽일 듯이 싸우다가 낄낄대면서
술잔의 배꼽을 맞추고
약속을 헌신짝 버리듯 떠나가는 벗에게
새 신발 마련해주고
온 제에 막지 않았으니 來者不拒
간다고 붙잡지 못하리 去者不追…
중얼중얼 배웅해주고
그래도 헤어지기 싫거든
애꿎은 달빛을 마시고
시냇물 소리 듣자며
밤을 새우듯이 말이오
선비님 좋을 대로 하십시오

# 저녁 산책

**송승태**


춥다고 해도
들어가자고 해도

달님만 보던
아빠가

긴 의자에서 일어나며
"안 춥니?" 하고 물으십니다.

'춥다 했는데……'
아빠, 무슨 생각 했어?

우리가 행복하게 사는 생각.
지금도 행복한데, 아빤 아냐?

더 행복하면 좋잖니.
아빠가 내 손을 꼬옥 잡습니다.

# 구두 한 짝

**송은숙**


횡단보도 가운데 놓인 구두 한 짝을 보았다
추적추적 비 오다 말다 하는 날이다
바퀴에 밟히고 치여 납작해진 남루
옆구리에 뭉클 금이 가 있다
간밤 사고의 흔적, 수습되지 않은 유품
누군가 돌연 세상을 향해 던진 분노의 짱돌
길 건너던 치매 노인이 문득 벗어둔 것
나도 엘리베이터 앞에서 무심코 신발 벗어 든 적 있다
전두엽이 추락의 순간을 예감했던가
스스로 추락을 택한 사람들은
빈손 같은 신발 한 켤레 뒤에 남긴다
입을 벌린 신발은 지독한 허기의 표현이다
구두 한 짝 벗어놓고 절름거리며 간 사람
남은 한 짝으로 세상을 건너는 사람
짜부라진 구두에 빗물 흥건하다
달려오던 버스 바퀴에 뒤집혀 아스팔트에 엎어졌다
엎어져 한 생애를 토하고 있다

# 가위바위보

**송정섭**

병아리 때 쫓기면 수탉 때까지 쫓긴다고
나는 여태 주먹 쥔 그를 당하지 못한다
아무리 덤벼도 가차 없이 얻어터진다
분하고 서럽다
하지만 나는 이긴다
그를 감싸 안는 손바닥은 우습게 이긴다
손바닥에게 꼼짝도 못하는 그를 두고
저런 허깨비에게 어찌 지나
비웃음을 사지만
병아리 때 쫓긴 몸이 수탉 때까지 쫓긴다
내가 온 마음 다해 해보는 염력은
말아 쥔 주먹을 펴게 하는 것이다
하늘을 가린 보자기를 자르는 일이다
타고난 신분 서열을 뒤집는 일이다

가위가 2라면 바위는 0,
보는 5가 되어 내놓는 손 모양을 보라
2는 0보다 작고 5보다 크다

# 울지 못하는 시간들이 신발 앞에 서 있다

**송진**


그가 바다로 가는 버스에 오르기 위해
출입구를 빠져나간 건 오후 네 시 이십팔 분
그의 무릎까지 오는 검은 외투의 갈색 단추는
포획할 목표물을 발견한 너구리처럼
그의 단단하고 굵은 손목의 푸른 정맥을 빠르게 스치고 지나갔다.
꼬불거리는 골목길 같은 아이스크림을 쥐고 뛰어오던 남자아이가
그의 검은 외투에 부딪혀 쓰러졌고
꼬불거리는 골목길은 그의 커다란 발자국 밑으로 들어갔고
그때 그 아이의 얼굴 표정이란 얼마나 잔인한 현실인가,
꼬불거리는 골목길이 전부였던 그 아이는
처음 만난 (그것도 예기치 않게) 검은 외투에 부딪혔고
손안에 든 시간과 입안의 달콤함과 사랑스러운 발걸음이
바다의 기름처럼 둥둥 떠다니는 것을,
차가운 시멘트 바닥에 두 무릎을 꿇고
쌍꺼풀 없는 두 눈이
고개를 돌려 고속버스에 오르는 그를 바라보는 것이다.
그리고 버스가 출발한 건 정확하게,
귀 밑 오 센티미터 단발 머리카락 길이 같은 네 시 삼십 분.
이 분간
무슨 일이 일어난 걸까.
쌍꺼풀 없는 남자아이의 손바닥에서는,

# 봄

**신경림**

세상의 모든 소리들이 다
귀를 통해 들어오는 것만은 아니다
개중에는 집요하게 살갗을 파고들어
동맥을 타고 온몸으로 퍼지는 것이 있다
구석구석 그 소리가 닿을 적마다
우리들의 몸은 전율하고 절규하다가
드디어는 그것을 따라
통째로 밖으로 빠져나온다
한순간 높이 하늘로 치솟았다가
폭죽처럼 터져 지상으로 쏟아져

새파란 풀밭에
조각조각 꽃이 되어 흩어진다

해가 내려다보며 환하게 웃고 있다

봄

# 고개

신경섭


한 고개 두 고개
일흔 고개를 넘은 외할머니
뒤를 쫄래쫄래 따라간 세 마지기 논
미끌미끌 미꾸라지와 물리면 약도 없다는 웅어와
가난처럼 찰싹 붙어 떨어지지 않는 거머리와
어우렁더우렁 살아가는 우렁이 이름을 익힌
세 마지기 논

할머니, 쌀밥만 싸 가면 선생님한티 혼나
이 꿀꿀 돼지야, 보리농사를 안 짓는데
무슨 수로 보릴 넣어
지둘러봐라 옆집 형순네 가서
보리밥 좀 읃어 와 섞어야긋다

사이다병에 참기름 넣어 온 사람은
다시 집으로 갖고 가라이

어젯밤 외할머니 꿈을 꾸지도 않았는데
출근하다 차를 멈추고
고개 숙이고 여물어가는 벼를 본다

익을수록 고개를 숙이는 계절이 꼭 가을뿐이랴

많이 배우고, 가진 사람들이
고개를 숙이는 성숙한 계절은
세 고개, 네 고개
몇 고개를 넘어야 올까

# 새잎복음

**신남영**

세상의 모든 어린잎이
묵은 몸을 밀고 나올 때
그건 복음 같은 것

가장 정결한 물과 밝은 빛을 담아
연록의 새살을 만드는 일은
진세를 건너가는 내게는
구도의 길을 전하는 말씀이다

내 생에 광휘로운 날이 올 수 있을까
비바람 맞으며 떨어지는
붉은 꽃 덩어리도 기나긴
통점의 시간들

누구라도 새벽어둠을 견디며
반드시 맞이할 부활의 길
하나쯤 있는 것이라면

저렇게 저마다 새푸른 무늬를
단단하게 새기고 있는
눈부신 저 눈물들을 보라

# 지록위마指鹿爲馬

**신동원**


지록위마…


중국의 간신들은 사슴을 말이라 우기고
현대판 간신들은 흰색을 초록이라 우기는구나


지록위백指綠爲白
백을 가리켜 녹이라 우긴다


하지만 아무리 우겨본들
白은 白이고 綠은 綠이다~!!


어찌 흰색이 녹색이 되고
녹색이 흰색이 된단 말인가??


흰색을 녹색이라 우기는 대한민국
거짓을 진실로 둔갑시키고
하늘과 백성을 우롱하던 간신들이 설치던
다시 중국의 진시황제 시대로 돌아가는구나


이제 마음 놓고 술도 못 마시는 사회
마음 놓고 인터넷 댓글도 못 달고
마음 놓고 정부 욕도 못 하는 시대

바야흐로 이 땅에 어두운 시대가 다시 도래하는구나~!!

# 대장 부리바

신세훈

내가 너에게 생명을 주었으니,
네 생명을 도로 내가 빼앗는다.
'친애하는 국민 여러분!' 때문에
항시 선량한 채 거짓말 잘하는 나발
그대 이 지구 이 땅에 태어났으니,
그대 목숨을 우리 모두가 빼앗는다.

아름다운 흰옷나라를 팔아먹은 죄로
진달래·개나리 산천을 불 지른 죄로
무궁화 뿌리를 자르며 서로 싸운 죄로
부모·형제·아들딸 동서 남북 강산
지어미의 품 안에서 헤어지게 한 죄로
의인들의 순하디순한 목소리를 따버린 죄로….

이제 우리는 만장일치로
남북 7천만의 아우성으로 독립을 할 때
그대들 두 편의 울대를 따고 만세를 부르고 싶다.

# 호수공원

신용목


네 머리를 떠난 네 생각이 여기 호수에 잠겨 있다 부러진 칼처럼, 헤엄
치고 있다
꼭 누군가의 몸을 지나온 칼처럼,


빨갛다
헤엄쳐도 씻기지 않는다


물 밖에는 사람들이, 손잡이만 남은 칼을 귀에다 대고 무슨 말인가 하
고 있다 손잡이만 남은 칼 앞에서
웃고 있다,
찍어대도 피가 나지 않는다


너는 잉어의 눈알을 파먹고 온 눈으로 나를 바라본다, 인생은 가끔 그
런 순간을 과거에 갖다 놓는다
살아 있는 느낌


살아 있는 느낌,
그것이 너무 싫다고 말했다


지느러미를 연기처럼 풀어놓고 석양은, 알 수 없는 깊이에서 보이지
않는다
그러므로

밤이라는 국경을 거슬러 헤엄치면 꿈나라에 닿겠지 그래서 묻는다, 이렇게 많은 사람들이 한꺼번에 잠이 들고 이렇게 많은 사람들이 한꺼번에 꿈을 꾸면
　그 나라는 도대체 얼마나 크단 말인가?

　모든 칼들이 손잡이만 남아 있는 나라,

　돌아오는 집 앞 정육점에도 칼은 있다

　거기 돼지를 지나간 생각이 걸려 있다 아직도 타고 있는 석양처럼 환해서, 한 덩어리 베어 와 물에 담가두었다

# 유월 장마

**신윤서**

누이가 다녀간 뒤
도시는 장마권에 접어들었다
먼지 낀 창틀을 타고 검은 빗물이 흘러내렸다
짙은 눈 화장을 한 여자가
아파트 복도 끝에 서서 울고 있었다
여자들은 왜 모두, 문밖으로 나와 울고 섰는지
누이는 왜 잿빛 승복 차림으로
먼 길 떠도는지
문 안에서 여자들은 울지 않는다
무표정한 눈빛은 문밖을 나섰을 때 울음이
되어 터져 나온다
저 길 끝을 돌며
빗물과 함께 소용돌이치며 흘러가는
여자들의 눈물을 본다
장마가 길어지고
파르스름하게 깎인 누이의 무덤 같은 머리엔
무성한 생각들이 잡풀처럼 자라다 베어질 것이다
닫힌 문 안에선
빗소리로 번식하는 푸른곰팡이들
누이가 미처 뿌리 뽑지 못한
입을 다문 말들이 창궐을 시작한다

# 빨간 등불이 열릴 때

**신현림**


쓸쓸한 길, 비탈길 지나
눈부신 들길을 따라
황금 사과밭이 출렁거렸다


주렁주렁 열린 사과는
빨간 등불이었다


빨간 등불마다 사라진 모습들이 비치었다
엄마, 숙이, 바닷속 친구들까지
어제 본 사진까지 눈이 아프게 어른거렸다
조선인 1300명이 사라진 '천인갱'의 도시 하이난
아…
슬픈 탄식이 물보라처럼 터져 나왔다
아무 말도 할 수 없었다


그 아픈 이야기를 모르거나, 잊으면서
우리는 세월의 돌다리를 건너간다
잊지 못한 팔 하나는 하늘을 휘젓고


들판에 사람 그림자를 먹고 자라는
빨간 등불만 구슬프게 흔들리고 있었다

# 7만 2천 원

– 안순호에게

**신현수**

후배들과 마신 술값 내가 냈다고 자랑하려는 거 절대 아니다.
후배들과 마신 술값 내는 일,…
평생, 내가 해온 일이다.
그런데 오늘,
콜트 콜텍 싸움 3천 일 되는 날,
콜트 친구들 3천 명 모여
문화 행사 한 날,
3천 일 동안 한뎃잠 잔,
방종운 위원장 얼굴이라도 보기 위해
종로2가 보신각에 온 날,
광화문으로 옮겨 와서,
세월호 집회 한 날,
대학 후배 채은이 소개로 만난,
지난 일 년 동안이나
광화문 세월호 서명대에서
서명 받는 일을 해온
노란 머플러를 쓴 어머니들 모임,
자랑스런 대학 후배,
안순호를 처음 만난 날,
단원고 2학년 3반 담임,
대학 후배,
26살 김초원 선생이 살린

13명의 제자들의 평생 담임을
초원이의 아버님,
김성욱 선생이 하기로 했다는 얘기를 듣고
아, 우리 삶은 이렇게 계속되는 거구나,
눈물 흘린 날,
종로 뒷골목에서 뒤풀이한 날,
막걸리와 소맥을 마신 날,
카드 안 되는데?
아, 그래요?
얼마죠?
7만 2천 원.
주머니를 뒤져보니
현금 딱, 7만 2천 원.
신기하게
딱, 7만 2천 원.

# 낙엽

**안명옥**


내게 남은 삶이
바닥이다

때 이르게 바닥에 떨어지고
대책 없는 마음 내려놓는다

견디다가
더러워지다가

가을이 물들어 가듯
내 생도 저물어간다

붉은 것은 아래로 비상한다
바닥에 떨어져 비로소 핀 꽃

오늘도 누군가
또 바닥으로 내려왔다
바람들 신이 났다

# 솔거미술관 가서

**안성길**


태풍 고니 오던 날 경주 솔거미술관 갔다가
벽 중앙을 들어내고 통유리 놓은 창 앞에 서는데
드러난 벽의 내부가 그렇게 맑을 줄 미처 몰랐습니다 언젠가
교동 옛집 바람벽에 제삿날 적어둔 달력 걷어내자
살아생전 어머니 서휘 볼 때마다 화안하던 얼굴 비치던 벽
그 표정을 따라 읽으며 안이 자꾸만 밖으로 넘실거렸지요
쏟아져 들어오는 계림지 쓸듯이 붓질에 여념 없는 맨발의 솔거
둥글게 번지는 하늘 너머 저 피안으로 성큼 배 대는 사람 보았습니다
사각의 테두리 빠져나간 풍경의 바깥에서 비로소 따뜻한 풍경이 되는
그 사람을 보았습니다 아, 그때 대원기공 프레스 알루미늄 작업반 시절
돈 되는 제품으로 다들 빠져나가고 공장 모퉁이에 켜켜이 쌓이던
알루미늄 기리빠시들이 저희끼리 탑을 쌓아 저무는 햇살에 끝도 없이
무지개를 쏘아 올리며 반짝거리던 생각 났답니다
여기 서 보면,
버려지거나 우회하는 것들의 뜨거운 중심 다 보이네 화안이

# 곰팡이꽃

**안영선**


환생을 꿈꾸는 폐지의 값 킬로그램에 백 원


책장에서 낡은 이력을 골라 차곡차곡 쌓는다
붉은 나일론 끈에 묶인 것들은 층층이 나이테를 만든다
나이테는 잠시 전생 흔적을 더듬을 것이고
말랐던 물관에는 지나온 이력이 촉촉하게 스밀 것이고


책장이 속을 비울 때마다 현관 앞에 묵직한 나무 더미가 쌓이는데, 책장 주인은 누구였을까 칸칸이 각진 나무가 울창한데, 작은 잡목에서 졸졸졸 향기 없는 詩가 흐르는데, 푸석한 고목이 주절주절 생기 없는 말을 쏟아내는데, 나무의 얇은 철자들이 슬금슬금 뒷걸음질 치는데,


희망고물상 구석에 던져진 헌책 뭉치 위
노래기 한 마리 습한 물길을 따라 시를 적고 있다
저 비릿한 습지가 만드는 생은 부산할 것이고
제 명을 다한 책은 노래기의 둥지로 환생을 꿈꾸고


서늘한 수은등 아래 곰팡이꽃이 탐스럽다

# 감나무 그늘이 궁금하다

안익수


섬진강을 안다
풀들이 살아가는 등줄기가 있었다
고삿길에 떨어지는 달밤을 먹고
십 리 길을 바람과도 걸었다
목마른 땡감에게 햇볕을 꺾어주며
평사리 뜰 노을이 파장이면 좋았다
손바닥에 침을 뱉어
구름 한번 쳐다보다가
사람은 청보리밭을 닮았다
소낙비가 옷 속에 손을 넣는다고
들꽃의 살이 수줍었다
지금은 어떤가
화개장터 품바 장단이 넘어지며
가로등 불빛에 발이 접질린 것을
누가 누구의 탓이라 한다
오늘은 안다
사타구니 자자한 소문과 놀다가도
일어서는 발등이 있어야 산다
물든 담장보다는
감나무 그늘이 궁금하다


212

# 유등流燈을 보며

**양곡**


세월 따라 흐르다가
잠시 머무는 이 세상
살아 숨 쉬는 목숨들은
한 번쯤은 유등이 되리

저마다의 불꽃을
머리에다 이고
밤마다 가슴에다 품고

저 홀로 반짝이며
저 홀로 애태우며
다 함께 밝히며 다 함께 비추며

때가 되면 한 번쯤은 유등이 되리
시간 따라 흐르다가
이 세상에 잠시 머물다 가는
살아 숨 쉬는 목숨들은

# 꽃무릇

**양문규**


밟지 마오
때기치지 마오


지난가을 천태산 여여산방<sub>如如山房</sub>에서 추방당한
저것은 필경 피 묻은 울음으로 가득 찬
절망 속 또 다른 이주<sub>移住</sub>


더 이상 찢어발기지 말아다오
더 이상 내동댕이치지 말아다오


마른하늘에서 날벼락 떨어져도
삼봉산 깊은 골짜기 꼿꼿하게 걸어 들어와
한겨울 푸른 이파리로 살아내는


붉은 생기의
무릇, 꽃

# 한갓 그녀의 욕망

**양원**


터널 속에서 어둠이 떨고 있고
안개는 짙어 다시 어둠을 덮는다
흘러 퍼지는 죽음의 냄새
거리의 그림자들은 빗겨 걷는다
결국 넘어가는구나
내 뒤꿈치를 차고 넘어가
너는 함부로 앞으로 나아가는구나
기름종이에 옮겨붙은 불씨여
스스로를 있는 대로 다 태우고 마는
망토 속의 너는 마른 절제로구나
어찌하지 못하는 슬픈 욕망이여
인내하지 못하는 너를 탓하자꾸나
재로 변해 허공으로 날아가는
내 손끝의 떨림과 두려움
검버섯이 돋아나는 주름진 피부와
가라앉은 채 수면 위로 내민 얼굴
풀 죽어 흐트러진 나태
이들을 나는 낡은 책상 위에 나열해본다
너는 저주로 얼룩진 두 팔을 뻗어
녹슨 날개와 비상을 끌어안아
마침내 흐린 하늘에 펼쳐놓는구나
닿으려다 추락하고 마는

결국 너는 초라히 거꾸러지고 만다
마음을 도려내어 세상에 보인다는
너의 칼은 너무 강하고 날카로워
내게 박힌 상처는 아물지 못한다
절망과 탄식과 분노여
형형히 꿰뚫고 굳건히 지키고 있거라
한껏 부풀어 오른 그러나
끝내 변하지 않는 짧은 너의 혀
갈가리 찢겨 나가 파편이 되어
사방에 그만 흩어지고 마는구나
피의 냄새가 너의 입가에 흘러넘친다

# 창문

**양해기**


많은 비가 내리더니

버려진
아침 항아리 안에는
반쯤 물이 차 있었다

고인 물에서 떠오른
작은 창문

저 창문을 열면
우주로 나갈 수 있을 것 같다

그 우주엔
또 다른 지구가 있고
또 다른 내가 있을 것만 같다

지지 않는 꽃들에게로 가는

새로운 차원의
고요한 문
깊이를 알 수 없는 문이

비 오고 물이 썩으며
생겨났다

# 곰소항

**엄하경**


슬픔의 맛이 짜다는 걸
곰소염전에서 안다
서걱서걱 버무려진 상처
거친 숨 내쉬며 돌아가던 수차도
고장 난 바퀴처럼 녹슬고
한 세월 쓰레질한 날들 덜컥, 멈췄다
수없이 삼켜온 눈물, 갈라진 가슴에 닿아도
마음 놓고 울 수 없던 시간들이
주저앉아 울먹이는 저녁
어제 받은 해고 통지서 한 장
붉은 노을 위에 걸린다
말없이 돌아서는 남자의 어깨가
조금씩 들썩인다
집으로 가는 막차가 그제야 들어서고 있다

# 니체의 어법으로

## 오명선

모자는 아차, 하는 순간
놓쳐버린 생각에 갇힌다 갇힌 모자를 동그랗게 끌어당기는 흘러내린
검은 머리카락, 밤은

제 그림자 속에 가둬둔 풍경들이 오르고 내린 길, 한 덩어리로 뭉쳐진
시간이 회전의 방식으로 구르고 있다
관념과 은유를 거절한 지독한 몰입으로 지루하게 어제를 되풀이하고
복사하는, 어제의 내가 지우지 못한 바람이거나 별이거나
내일의 나로 중첩되어 구르고 있는 것

아차, 하는 순간
우주 전체가 갇히기 좋은 자세로 숨 쉬고 있다, 악몽 같은 반복을 찢는
질문으로

# 가을엔 나고 신발이 가볍다

**오영자**


계절의 끝에선
하늘도 마음을 환히 열어놓고
지상에 모든 것들도 마음 가득 모아
제 아래로 소복이 발등을 덮는다.

바람도 귀속인 양
잎새들 얼러주듯
해 저녁까지 마음 뒹굴다 돌아가고
세상의 제각기 빛들도
제 밝기로 걸어가려 하네

어둠이 오기 전
서리가 내리기 전
멀겋고 느린 걸음으로 내 앞에 펼쳐진
지난 시간을 걸어간다.

무게가 비워진 텅 빈 발끝에 촉수가 있어
발끝에 모이고, 발끝에서 열리고 있다.
빈 걸음으로 걸어가는
가을엔 나도 신발이 가볍다.

# 문 門

**오인태**

천지간에 입 하나 지우고 두 귀를 세우나니

# 그늘은 움직이는 것

**유순**

나뭇잎이 크면 클수록 그늘이 크게 퍼진다
사람이 많을수록 그늘이 생겨난다 보이는 사람
보이지 않는 사람 기쁨이 있고 슬픔이 있다
작은 물고기는 큰 물고기에 그늘이 있다
멋진 산수화에도 정지된 그늘이 있고
커다란 구름 밑에도 그늘진 작은 구름이 있다
세상에 그늘이 없는 곳이 어디 있으랴
그러나 그늘은 움직이는 것
큰 물고기도 가고 구름도 가고
나도 움직인다

# 우리집 바깥양반

**유순예**

첫날밤 치른 지 수 년째 티격태격하는 우리 집 바깥양반을 소개합니다.

바깥 여자들 품에 안기어 음주가무를 즐기던 우리 집 바깥양반, 얼마 전부터 마음을 고쳤나 봅니다. 옆에 착 달라붙어 없는 애교를 부립니다. 연시 한 바구니 사 들고 와서 입에 넣어주질 않나, 잠든 나를 깨워 사슴을 그려달라 보채질 않나, 비빔국수를 만들어달라 조르질 않나, 저러다 또 발동 걸리면, 바깥세상을 읊조리고 다닐 테지만, 타고난 역마살이야 바깥 여자들이 반겨줄 테지만, 달아나기 전에 확 잡아둬야겠습니다. 바깥을 더 좋아하는 우리집 양반, 무릎 깨진 놈, 머리칼 뜯긴 놈, 신장 팔아먹은 놈…… 집 나간 새끼들을 불러 모아 상처들을 어루만지기도 하는

청얼댈수록 맛깔스러운
시를 바깥양반으로 섬기길 잘했습니다.

유순예표 옷이나 몇 벌 더 지어 입혀야겠습니다.

# 샛강에서

**유진택**

샛강에서 아이들이 물수제비를 뜬다
새봄이 풀어놓은 물빛이 긴장을 한다
아이들이 던지는 돌팔매질이 물 위에 지문을 남긴다
물새가 발자국을 찍듯 물꽃이 주르르 핀다
물 징검다리가 번개처럼 놓였다가 사라진다
건너편 강변 살구꽃이 눈발처럼 흩날린다
물잠자리 실낱같은 날개 반짝이며 날아오고
뻐꾸기가 가슴에 맺힌 서러움 띄워 보낸다
짱돌이 물새의 부리처럼 물의 살갗을 쫄 때마다
벼랑의 잡석들이 후득후득 떨어진다
내 마음속에 숨겨둔 그리움도
꽃향기 묻혀 징검다리 밟고 달려간다

# 비 젖은 벽암록

**유현숙**


비보다 먼저 바람이 불었다
영화관에 들러 한 편의 영화를 보고 또 다른 한 편을 봤다
영화가 끝난 대낮 도심에 비가 내리고 있다
내 생일은 올해도 이렇다
여든다섯 노모로부터 걱정하는 전화가 왔다


일면식도 없는 시인이 첫 시집을 부쳐 왔다
벽암碧巖을 찾아 나선다 했다
먼 북쪽 전설의 큰 바다 북명北溟에라도 닿으면
이끼 덮인 바위 틈새에 손 넣어 푸른 말 새겨진 바윗장 하나 집어낼 수
있을까


북명 같은 벽암 같은 곤鯤의 날갯짓 같은 어록을 받아 들 수 있을까


일면식도 없는 시인이 일면식도 없는 시인에게 엽서를 쓴다
첫 시집을 잘 받았다는 첫 엽서를 쓴다


불이不二의 정토는 넓고 아득하여 나고 감이 고요할까
내가 이 칠월을 버리는 데 얼마나 많은 시간이 걸릴지

# 가을비

**육근상**


너무 어릴 적 배운 가난이라서

지금은 하나도 기억하지 못하는데

이제는 더 늙을 것도 없이

뼈만 남은 빈 털뱅이 아버지가

어디서 그렇게 많이 드셨는지

붉게 물든 옷자락 흩날리며

내 옆자리 슬그머니 오시어

두 손 그러쥐고 우십니다

산등성이 내려온 풀여치로 우십니다

# 모닝커피

**윤금아**


푸석한 새벽을 열었다
독한 커피는
넘치는 찻잔에서
뜨겁게
내 심장에 물을 붓는다

분침은
아직도
초록별이 졸고 있는
새벽이다

조금은
설익은 커피
향이 사그라졌다
그 아무것도
목줄기로 넘기기가 헐겁다

검붉은
커피가 녹아내리는 시간
그를 찾아 떠나는
그만큼의 여유
세월은 정지된 자유다

# 바보 가마우치

윤범모


까만 밤이 강을 적시자
어부들은 배에 올라 횃불을 밝힌다
뱃머리의 사내는 십여 마리의 새를 강물 속으로 던진다
끈으로 몸이 묶여진 새들
가마우치
입에 물고기를 물자
어부는 잽싸게 들어 올려
물고기를 토해내게 한다


기후岐阜라는 도시의 조그만 강
거기 여름밤마다 펼쳐지는
가마우치의 물고기 사냥
주민들은 1300년의 역사를 가졌다고 자랑하는데
일본 국가 지정 민속자료라고 자랑하는데
나는 유람선 타고 가마우치 낚시를 구경했는데
광복 70주년이라는 해의 8월에 그냥 구경만 했는데


남의 나라 놀이터에서
박수 치다 정신이 번쩍 들었는데
아, 나도 덩치 작은 놈들 앞장세워
한밑천 낚아볼거나

이리 오너라
가마우치
네 이놈들
바보야
이리 오너라

# 밥값은 했는가

## 윤석홍

아침에 밥을 먹으며 밥값을 생각했다
더운 김 모락모락 나는 밥 냄새
밥과 값이란 이분법 앞에서 갈등한다

삶에 우연히 이루어지는 일은 없고
밥을 먹으며 또 다른 인연을 맺다
각자에게 주어진 각본대로 살다 간다

행복과 불행이 넘치는 탐욕의 경계 너머
치열하게 살기 위해 오늘도 밥을 먹는
맨얼굴 사람들 모습에 밥값이 떠오른다

밥값은 참으로 어려운 숙제 중 하나다
쌀 한 톨이 일곱 근 나가는 무게라는데
지금 밥값 못 하면 다음에 밥값 할 수 있을까

밥값을 해야 한다 반드시 밥값 하고 살아야지
스스로 다짐하고 되새기며 밥을 먹는다
그래, 꼭 밥값은 하고 살아야지 암 살아야지

저녁에 다시 밥을 먹으며 밥값을 생각했다
더운 김 모락모락 나는 밥 냄새 맡으며
'사람이 밥이고 밥이 사람이다'라고 써본다

# 뒷담화

윤요성


사업상 술 한잔했다
서너 잔 얻어먹고 한잔 샀으니
억울할 것도 없는데 술맛이 쓰다
나름대로 제 딴엔 걸하게 한번 낸 것이지만
며칠 일당이 들어갔다
상대는 그 정도쯤 생각할 수도 있었을 것
어렵게 시간 내 큰맘 먹고 쏘았지만
그 맛이 별로였었나 보다
룸에서 술 마시고 방 잡아 거시기까지 붙여줬는데
집에 갈 택시비 안 줬다고
한턱내려면 제대로 하라는 후문 들렸다
추문 될라, 술 한 번 했을 뿐이라고
그 이상도 그 이하도 아니라고 잘라버렸다
단상 단하 구분 없이 한 순배 돌 때마다
뜻이 맞고 편해 지극히 낮아지는 자리다 보면
어떤 것에도 수준은 맞출 수 있다 싶었는데
아직도 사회를 잘 모르는 건지 생각의 끈이 짧았던 건지
두고두고 말 나오지 않게 하는 것이 사업인지 모른다
뒷말 무성하다는 것은 인간관계에서도 실패한 것이다

# 말의 잠

**윤임수**


말들도 겨울잠을 잤으면 좋겠다

겨울잠에 들어
고함과 비난과 악다구니와
트집과 막말과 비아냥거림은
하얀 눈에 묻혀 좀 유순해지고
모욕과 천시와 안하무인과
멸시와 경멸과 아귀다툼은
더 깊은 잠에서 끝내 깨어나지 말고
새봄이 오면
맑고 참하고 순수하고
밝고 부드럽고 따뜻하고
고운 말들만 예쁘게 싹 틔울 수 있도록

말들도 겨울잠을 푹 잤으면 좋겠다

# 목련 주사 酒邪

**이강산**


반나절 봄비 마신 목련의 치아가 하얗다
입술 틈새 봄 냄새,
독하다


취기에 다리가 풀려 저녁내 휘청거리는 품새론 엊그제 꽃집 트럭에 치
인 무릎은 다 나은 듯이려니


그날 분이 덜 풀린 모양이다
제 아래 소주병 들고 가는 남자의 목덜밀 낚아채는 솜씨라니


그것으로 취하겠느냐,
힐끗대는 눈빛이 하얗다


아내 몰래 남자가 숨겨둔 여자를 아는 눈치다
그런다고 지워지겠느냐,
호숫가, 여자의 발자국 따라가 본 듯하다


여자의 이마처럼 항아리 조각 박힌 흉터 한둘쯤
누구든지 품고 견딘다, 독백마저 새하얀
입술 틈새 봄 냄새,


독하다

# 코끼리 사육사의 근황

**이경임**


입속에서, 눈 속에서
반인반수의 코끼리들을 만납니다.

귀 속에서, 코 속에서
천치 같고 천재 같은 코끼리들이 노래합니다.

코끼리들은 불가마 속에서 털갈이도 하고
얼음집에서 불꽃놀이도 합니다.

사막과 바다처럼 펼쳐져 있는 코끼리들

나는 거리에서 꿈속에서
코끼리들과 싸우거나 입을 맞추기도 합니다.

먼지들이 별이 되고 다시 별들이 먼지가 되듯
코끼리들은 빛을 발하다가
빛을 잃어버립니다.

나는 한 편의 연극처럼, 한 끼의 식사처럼
코끼리들에게 몰두하고 코끼리들을 지워버립니다.

거울을 들여다보며 코끼리들을 장식하다
코끼리들을 묻어버립니다.

# 바람과 함께 사라지다*

이권


방금 동인천역에서 내 옆을 스쳐 간 여자아이
어디서 만났을까 낯이 익은 얼굴이다

지난밤 인천행 전철에서 긴 하루가 힘에
겨운 듯, 한 아이가 내 어깨에
몸을 기대어 왔었다

전생前生에 나의 아이였을까 다음 생生에
내 딸이 되어 돌아올 것 같은 아이

손이라도 한번 잡아보고 예쁜
머리핀이라도 사주고 싶은 아이

악기점 유리창에 비친 가을 풍광에
잠시 한눈을 파는 사이

거짓말같이 아이는 배다리 쪽으로
바람과 함께 사라져버렸다


* 마거릿 미첼 소설 『바람과 함께 사라지다』에서 차용.

# 천지사방 찔레꽃이

이기영

**첫눈 오듯 내려앉을 때면** 어머니는 나를 꽃 근처에는 얼씬도 못하게
했다 언제나 그렇듯 나지막하고 느릿한 목소리로 – 저 꽃 아래에는 화사
花蛇가 살아야 – 은밀하고도 조심스럽게 천기라도 누설하는 사람처럼 말
하던 어머니는 꽃뱀이 왜 유독 찔레꽃 아래에서 봄을 나는지 다 알고 있
다는 음성으로 말할 때, 나는 온몸이 까닭 모르게 오스스 떨려 와 화사가,
그 화상이, 순정한 찔레꽃 아래에서 꼼짝도 않고 붉은 혀를 날름거리며,
찔레 그 아슴아슴한 꽃향기를 할짝거리면서, 한 입씩 베어 먹으면서, 꽃
향이 제 등에서 미끄러지는 걸, 긴 꼬리를 밟고 멀리 달아나는 걸, 내가
무서움으로 눈길도 안 주고 스쳐 지나갈 때까지 꽃 사태 속에서 훔쳐보
면서 그 눈부신 꽃 이파리들을, 순정한 오월을, 선득하니 불경한 꽃뱀이
저 혼자 다 차지해버리고 단지 내게는 서늘하게 날리던 슬픈 눈발만 오
월 속에 찍히고 있었다

# 낯선 얼굴들 속에서

이다빈


한 알의 씨앗이 말을 타고
머얼리 산 넘고 물 건너
산빛으로 물빛으로
저마다의 모습을 만들어냈다
좌우를 품은 산의 법신과
바람 말을 반겨주는 풀잎의 눈짓으로
씨앗은 형상으로 자라났다
언젠가부터 생명의 씨앗을 썩게 하는 것들이
또 하나의 모습으로 자라나면서
낯선 얼굴들이 나타났다
씨앗은 본래의 모습을 잃었고
부드러운 곡선을 타고 흐르던
바람 말도 길을 잃었다
산은 그 곱던 옷을 벗고
물거울도 씨앗을 더 이상 비추지 못한다
고향으로 돌아가야 할 씨앗은
사각의 미로 속에서
낯선 얼굴들 속에서
두려움 분노 불안으로
환한 빛줄기만 찾는다

# 내 마음은

**이동식**


나뭇잎은
단풍으로 물들고
내 마음은
그대에게 물들었습니다.

나뭇잎은
가을 한 철 물들었다 사라지지만
그대에게 물든
내 마음은
사시사철 빛깔이 더 고와집니다.

그대를 만나고 사는 삶
그대가 세상에 있고
게다가 내 사람이 되어주었다는 것이
나를 참으로 행복하게 해줍니다.

아, 그대 향해 물든 내 마음
그대가 그리워서
그대가 사랑스러워서
오늘도 빠질 줄을 모릅니다.

# 자전거

이민숙


바람은 바람이 아니다 들락날락 바람둥이다
가슴속에 있으면서 처녀럼 애태우는 태풍 전야,
우지끈 바위가 날아가고
바위 부서진 자리에 바퀴 하나 태어나 피가 흐른다
바람은 바퀴살 사이를 빠져나가
심해를 헤엄치는 고래의 심장을 흔든다
바퀴도 없는 바다가 빙글빙글 요동친다

자전거는 자전거가 아니다 이미 모든 바퀴의 에너지는
심장을 흐르는 천둥 번개다
나도 내가 아니다
신화의 원형*들이 아무도 몰래 세상을 깨우고 있다는 걸 그때 알았다
비로소 폐 깊은 곳에서 모든 고어古語들이 숨을 몰아쉰다
동그란 자유의 공기 방울이여!

자전거 바퀴 돌아간다
온몸을 감싸 오르는 저 첫날밤의 불덩이
무한이란 저런 건가
욕망하지 않고 닳아버린 캄캄한 사랑


* 칼 융의 심리학 이론에서.

# 맹어盲魚 이야기

**이병룡**


물고기 한 마리
눈이 파먹힌 채 강가에 누워 있다

강을 건넜을 뿐인데
밀려오는 물결을 넘었을 뿐인데
물고기의 영혼이 퀭하니 빠져나갔다
장좌불와長坐不臥의 수도자처럼
일생 눈을 뜨고 살아가던 물고기가
영혼을 잃어버린 맹어가 되었다

텅 빈 눈에서 물결이 파닥거린다
물결은 물고기가 넘어야 할 겹겹의 벽
눈에 갇혀 은빛을 잃었던 물결이
캄캄한 안쪽에서 뭉툭하게 출렁거린다
물결은 물고기의 울음을 받아주지 않는다
물고기의 눈물을 받아주는 것은
눈을 잃고 난 후의 새 떼들의 몫이다
예불 시간마다 두드려 맞는 목어木魚처럼
새 떼들이 소리 없이 물결을 두드리고 있다
단단하고 긴 부리로 물결의 벽을 쪼아대고 있다

물결은 때로는 온유한 양식

241

늙은 새가 저문 물결을 물고 훠이훠이 날아간다
눈먼 영혼이 생채기 난 물결을 어루만지고 있다

# 숲속의 저녁

**이병률**


우린 서로의 단어에 대해 더 이상 관심을 두지 않습니다
한 사람의 거짓과 하나의 거짓으로도
세상을 덮어버릴 수 있다는 두려움 탓에
　　제1장은 그로부터 우리는 만나지지 않는다는 이야기입니다
잠시 널어놓은 태양과 달을 거둬 가는 시간이면
우리는 안쓰럽게 부스러기가 됩니다
　　　　우리가 저 별을 바라보는 동안
별을 마음에 담아두는 한
심장에 살이 붙어 만날 수 없습니다
　　우리가 잡은 손도 결국은 내 손을 잡은 것입니다
　　제2장에서는 우리가 만날 수 없는 것,
덮어버리기엔 그것이 엄청난 일이라는 사실을 알기 위해
인생의 절반이라는 시간을 가만히 벌려서 사용합니다
가장 먼 곳에 도착하기 위하여
우리는 길을 잃습니다
서둘러 이야기를 멈춰야 합니다
우리는 냄새가 있는 곳에서 어디인지도 모르면서 내립니다
　　어쩌면 우리가 사라지기 위해
어쩌면 제3장에는 절벽이 있습니다
광채는 사그라들고 공기는 줄어들고 우리는 만나지지 않습니다
미지의 세계에 들어와 있기 때문에
　　바깥의 일은 어쩔 수 있어도 내부는 그럴 수 없어서

우리는 계속해서 지워나갑니다
우리는 계속해서 이런 형태를 유지합니다
　우리는 혼자만이 우리를 잊게 될 것입니다

# 응강

**이봉환**

그늘이나 응달이 고향에서는 응강인데 꼭 응강이 춥고 배고프고 서러운 곳만은 아니었다.

시래기는 뒤란 처마 밑 응강에서 꼬들꼬들 말라갔으며 장두감을 설강 위 응강에 오래 두어야 다디단 홍시가 되어갔는데, 무엇보다도 어릴 적 아버지 외투 안주머니에서 100원을 훔친 내가 흠씬 종아릴 맞고 눈물 콧물 범벅인 채로 잠들어 버린 고향에서는 정지라고 부르는 부엌 구석 컴컴한 응강의 찬 기운에 퍼뜩 정신을 차리고는 하였으니,

거기가 서늘하고 시퍼런 물줄기를 가진 강 중의 강이기는 하였던 모양.

# 존엄에 대하여

## 이상국

며칠째 아무것도 못 먹어서
미안하지만 남는 밥이랑 김치가 있으면
문 좀 두드려달라던 작가는 스스로를 버렸다
식은 밥이나 이웃에게도 그랬겠지만
자기가 쓴 시나리오에게도 떳떳하고 싶었을 것이다

자신의 주검을 치우는 사람에게
국밥이나 한 그릇 하시라며
자기 손으로 목숨을 접은 어느 독거노인은
따뜻한 국밥 몇 그릇을 세상에 남겼다
가난했지만
죽음에게까지 예의를 갖추기 위하여
소중한 유산을 남겼던 것이다

가라앉은 세월호에서 주검들이 수줍게 떠올라도
아이들 몇몇은 끝끝내 나오지 않았다
그 앳된 나이에 퉁퉁 부은 민낯을
죽어도 보이기 싫었던 것이다

송파 어디선가 월세 살던 세 모녀가
공과금과 마지막 집세를 계산해놓고
한날한시에 세상을 버린 것도

246

다시는 볼 일이 없더라도
국가와 집주인에게 당당하고자 했던 것이다

그들은 모두 뭔가에게 굽히기 싫었던 것이다

# 태양

**이상규**

저녁노을에 몸을 푼
태양은 자신의 이름을 잃어버린다
황혼의 넓은 바다
장엄한 어둠으로 건너는 시간
머뭇거림도 잠시
저녁노을이라는 몸속에 숨긴
태양은 자신의 본질을
스스로 포기해버린다
비록 짧은 순간이지만
황혼의 넓은 바다
바람 따라 펄펄 날기도 하는
화려한 색상은
다만 짧은 순간 머물렀다
어둠으로 건너야 하는
운명적인 잠깐의 변색일 뿐이다

# 가을

**이소암**

달빛과 마주 앉다

달의 문 열고 들어가니

달은 없고

풀벌레 소리만 천지에 가득하다

# 누에

**이소율**


잠실 서재에 앉아 책을 갉아 먹는다.
억센 줄기를 씹듯 씹고 또 씹는다.
마디마디에 초록 먹물이 들어 허물을 벗는 시간


허물을 벗는 제식은 타인의 활자를 지워 문맹이 되는 일이리라.


한글 창제 이전으로 돌아가 뽕잎 활자를 더듬으며
누에알처럼 청빈해지는 담백한 뒤척임 끝에
새 책 잎이 쌓이고 습관처럼 한 장 한 장 갉아 먹는다.
눈은 아직 미명인데 온몸에 새겨지는 실타래 무늬


벌레 먹은 문장은 서재 구석에 버려 시들시들하고
두잠, 석잠, 넉잠을 자고 나면
곱씹던 밑줄 친 내용도 다 지워져 투명하다.


갉아 먹기를 끝낸 누에
뉘엿뉘엿 섶을 타고 올라 고치를 짓는다.
푸르도록 하얀, 허공에 매달린 집
길이란 길 사라지고 門이란 門 흔적이 없다.
막막한 발길도, 한 올의 슬픔도 들이밀…


그! 문 없는 집 아래에서 무릎깍지 끼고

주문을 외워 청정한 물에 감긴 명주실을 잣아 올린다.

직녀와 접신해 비단 시詩를 짠다.

# 빨강과 파랑 사이에서 생긴 일

**이수풀**

빨강이 식으면 우울해지면
병이 나면 두들겨 맞아 멍들면 보라가 될까
파랑이 뜨거워지면 신명이 나면
변심하여 들뜨면 바빠지면 보라가 될까
빨강과 파랑 사이 자외선과 적외선 사이
왔다 갔다를 반복하며 생각해본다

보라는 빨강이 될까 파랑이 될까 망설이고 있는
엉거주춤 어정쩡 애매모호한 자신에 확신이 없는
자신에 빠져 바깥으로 나오지 못하고 있는 것이다
깊은 산속 청보라 짙은 저 산수국 꽃바람에 날려
계곡물에 떠내려가든지 진달래로 피든지
사랑으로 확 타오르든지 꺼지든지 울부짖든지 웃든지
보라는 언젠가 보라를 빠져나와
빨강이나 파랑으로 달려갈 것이다
진지하고 유쾌한 걸음걸이로

# 끼니

**이숙희**


끼니 잇기가 쉬워져
쌀통이 비어도 걱정이 없다.

튀긴 통닭 한 마리만 약속하면
마트에 가서 일 년 농사를 지어 오는 아들.
그 아들 입에는 오 킬로그램의
쌀을 한입에 털어 넣은
번지르한 입술에
약속하지 않은 술 냄새가 풍긴다.

쌀이 이렇게 쉬운데
쌀농사를 놓지 못해
허리가 굽어가던 어머님.

쌀벌레 일었으면
새 방아 찧어줄 테니
버리지 말고 가져오너라

사방에 쌀이 널려 있고
끼니 걱정하던 어머님은
유월과 함께 가고 있다.

# 꽃의 사서함

이순주


지구의 반대편에서 날아오는 날개 달린 한 문장을 기다린다

책상 위 라벤더 화분이 있는 방
아이의 머리를 쓰다듬듯 잎들을 어루만진다 손끝에 묻어나는 향기,
너도 누군가 보고픈가 보다

가슴에 꿈을 품은 자들은 스스로 단단해지기 위해 바다 건너 날아간다
돌아올 때까지
침묵의 깊이는 얼마나 아득한가
그 적막을 메우기 위해 꽃을 피우는 일,
일상이 유목의 피가 흐르는 너의 향기로 내 몸을 기억하는 것

라벤더는 햇살 고인 창가에 앉아 지중해 연안을 생각 중이다

세상 모든 초목은 꽃을 피워 제 몸의 안부를 전한다 향기를 배달하는
일은 꽃이 할 일
피워낸 보랏빛 꽃으로 보아 손끝에 묻어난 향기의 배후는 그리움,
드넓은 초원이 보인다


꽃에게 말을 걸며 물을 준다
너를 기다리며
화분에 물을 주는 건 기도다

# 존재의 그늘

**이승철**

그날 꽃들은 무너지고 싶지 않았다.
잔설 자락에 우짖던 겨울새 한 마리
눈보라 속 아픈 넋들은 어디로 갔나.
서럽지 말자던 세월만 오고 또 갔다.
죽어도 속물처럼 살지 말자던 맹세는
뻘밭 구렁 속으로 처박힌 지 오래.
그러다가 막걸리를 주식으로 삼던 친구가
직립보행마저 힘들다는 소식도 들려왔다.
언젠가 나 또한 육신의 시간표를 벗어나
느닷없이 이승의 세월과 작별할 수 있도록
깨쳐야 하리, 가까스로 홀로된 그이들과
다시금 몇 순배씩 술잔을 갈무리하다가
이만큼 살아냈다면 잘 산 거라고 말했었지.
그즈음 이내 몸뚱어리는 깊은 심연 속으로
온갖 우아한 것들과 이미 안녕을 고했었다.
다만 아주 오래된 들녘과 마주하고 싶었다.
나 또한 태곳적 침묵이 되고 싶었음인가.
느낌표 하나 남기고 떠나는 게 인생이라는데
이제 내 눈엔 한 떨기 그리움도 남아 있지 않다.
그 닭대가리 홰치듯 누가 내 영혼을 뒤흔들었나.
입바른 말씀 하나 섬길 수 없는 한반도 남녘
페이스북에 온종일 허전한 심사를 달래었다.

그러나 아무렇지 않게, 이따위로 녹슨 채로
존재의 아픈 그늘이 되어 살아가야 한다.

# 하동

이시영

하동쯤이면 딱 좋을 것 같아. 화개장터 넘어 악양면 평사리나 아, 거기 우리 착한 남준이가 살지. 어쩌다 전화 걸면 주인은 없고 흘러나오던 목소리. "살구꽃이 환한 봄날입니다. 물결에 한 잎 두 잎…". 어릴 적 돌아보았던 악양 들이 참 포근했어. 어머니가 살아 계시다면 얼마나 좋아하실까! "배틀재 토지 동방천 화개… 빨리빨리 타이소!" 하며 엉덩이로 마구 승객들을 들이밀던 차장 아가씨도 생각나네. 아니면 인호 자네가 사는 금성면도 괜찮아. 화력발전소가 있지만 설마 터지겠어? 이웃에 살며 서로 오갈 수만 있다면! 아니 읍내리도 좋고 할리 데이비슨 중고품 몰고 달리는 원규네 좀 높은 산중턱 중기마을이면 또 어떠리. 구례에는 가고 싶지 않아. 마음만 거기 살게 하고 내 몸은 따로 제금을 내고 싶어. 지아는 지가 태어난 간전면으로 가고, 두규도 거기 어디에 아담한 벽돌집을 지었다더군. 설익은 풍수 송기원이 허리를 턱하니 젖혀 지세를 살피더니 "니가 살 데가 아니다"라고 했다며?

하여간 그쯤이면 되겠네. 섬진강이 흐르다가 바다를 만나기 전 숨을 고르는 곳. 수량이 많은 철에는 재첩도 많이 잡혔지만 가녘에 반짝이던 은빛 모래 사구들. 김용택이 사는 장산리를 스쳐 온 거지. 용택이는 그 마을 앞 도랑을 강이라고 우겼지만 섬진강은 평사리에서 바라볼 때가 제일 좋더라. 그래, 코앞의 바다 앞에서 솔바람 소리도 듣고 복사꽃 매화꽃도 싣고 이젠 죽으러 가는 일만 남은 물의 고요 숙연한 흐름. 하동으로 갈거야. 죽은 어머니 손목을 꼬옥 붙잡고 천천히, 되도록 천천히. 대숲에서 후다닥 날아오른 참새들이 두 눈 글썽이며 내려앉는 작은 마당으로.

# 백지白紙에게

**이애정**


한마디 말도 없이
벌거벗은 너의 맨몸 앞에
어쩌면 처녀의 속살 같은 그것에게
오늘 밤 수작을 걸어본다

때로 너는 거울처럼
나를 비춰줄 때도 있지만
끝끝내 처음처럼 완강하다

소금보다 짠 불면은
네게 향하는
집착만큼의 크기

네게는 문門이 있어
너는 자꾸만 닫으려 하고
열쇠가 되고 싶은 나는
욕망인지 소망인지 모를
언제고 혼돈이다

설령 이것이 악연일지라도
나는 너로 인해
늘 두근거린다

# 식탁 위의 풀밭

이어진

 오후엔 풀밭 위에 앉아 식사를 한다 이것 좀 더 먹어 너는 접시 위에 꽃
잎을 올려놓는다 아카시아 무성한 숲에서 비릿한 입 냄새가 몰려온다 이
런 냄새는 아무리 먹어도 질리지 않아 너는 고개를 끄덕인다 멀리서 먹
구름이 후드득 떨어지고 너는 다시 아카시아 향기를 접시 위에 올려놓는
다 이런, 이런 꽃 냄새가 흘러넘치고 있군 조바심 나는 계절처럼 너는 꽃
잎을 손바닥 위에 올려놓는다 생명선에 이상은 없는지 손바닥의 언덕이
웃는다 손금의 지평선에는 음식 걱정은 없을 듯한데 깊은 눈매로 바람을
긁어모으는 손가락에선 지난 계절의 빛 냄새가 난다 풀밭 위에 앉아 다
리가 네 개였던 식탁 위의 봄을 생각한다 웃음을 곁들인 지난봄은 고기
를 구우며 즐거워했다 하나만 더 먹어 너는 꽃잎 한쪽을 내 그릇 위에 올
려놓으며 꽃 냄새로 빚을 갚을 수 있는지 묻는다 산등성이에 매달려 있
던 꽃잎이 하늘하늘 떨어진다 이런 냄새는 아무리 먹어도 질리지 않아
우리는 풀밭 위에서 식사를 한다 꽃멀미가 이는지 두 눈에 꽃물 든다

# 나도 풍란

**이언빈**


아내가 외출하자
집은 완벽하게 해체된다
아들 녀석은
오래전에
방을 끌고 서울 갔다
평생 달팽이처럼 집이라는 이름에 도착했지만
명절 끝나자
모든 방은 일제히 불 꺼지고
방이 없으므로
이제 지상에 집은 없다
낡은 책꽂이 빈방에 홀로 담겨
쇼펜하우어와 소주를 마셔야 하나
백석과 함께 허름한 나조반이라도 마주해야 하나
멸종 위기 식물처럼
허공에 긴 수염뿌리 내리고
굵어지는 빗소리 듣는 밤
언제 다시 명절이 와서
식구들은 방 한 칸씩 떠메고 올 것인가
따뜻한 집 한 벌 온몸으로 껴입는
하얀 갈증 속으로
비가 내린다
빗소리 악착같이 뿌리에 매달고
허공에 맨발로 서서 마시는 소주는 날이 파랗다

# 목요일의 패러독스

**이영숙**


그녀는 오줌을 너무 참았습니다
이미지 때문에
오줌보가 터져서
우리는 지린내를 뒤집어썼습니다

로터스 열매가 주렁주렁 열렸으나
실내에 만연한 건 플라스틱이었습니다
막차는 발음하기 어려워 그냥 떠나보냈습니다

늘 다른 곳으로 배송되는 새벽
절벽 끝에 앉는 것은 금지된 메뉴입니다
우리는 젓가락을 들어 서로를 찔러봅니다
발라드풍으로 졸아든 웃음이 다른 부위로 몰립니다

액자 구조를 벗어나지 못하는 대화에
후추를 훌훌 뿌려놓고 기다리면 출구가 보입니다
재채기를 하면서 우리는 겨우 자기 밖으로 빠져나옵니다
설령 감추어왔던 것이 누대의 전족이라 해도
기꺼이 발설하고픈 시간대를 그제야 막 통과합니다

카운터에서 나무주걱에 매달린 화장실 키를 받아 든 그녀가
오줌을 누러 갑니다 한 인간이 그렇게 완성되고

우리는 축배를 듭니다
계시가 없는 밤은 없습니다

# 먼 길, 비싼 길
－하나원\* 일지 2

**이영혜**

*우리 북조선 사람들은 한다면 합네다!*

50대 중반의 최○철 씨
광저우 등지에서 10년 넘게 머물며
개성 홍삼, 경옥고, 우황청심원……
북한의 한약재 중국에 파는 일을 했단다
여러 번 붙들려 갔었단다
더 이상 이러다간 죽겠구나 싶어
지도를 보며 몇 달을 연구하고 태국 국경으로 넘어가
무조건 *싸우스 코리아 엠버씨!*
했다며 자랑스레 미소 짓는다
몇 시간 거리 대한민국에 오느라
억울한 십여 년이 걸렸단다
그래도 브로커 비용 안 든 게 어디냐며
합죽한 입으로 웃는데
얼어붙었던 젊음 골골이 녹아 빠져나간 듯
입가로부터 얼굴 전체에 물결 넘실댄다
무너져 내린 것이 이와 잇몸뿐이겠는가
노잣돈으로 치아까지 다 써버렸는지
아래 송곳니 두 개만 달랑 남았다
틀니를 끼워주자, 입매가 봄 언덕처럼
다시 도톰하게 부풀어 오른다

모진 시간의 흔적들 희미하게 지워진다
새로운 땅만큼이나 틀니 두 짝 낯설겠지만
저 웃음의 힘으로 몇십 년 거뜬히 버틸 것이다

늦은 저녁 식사 자리, 티브이에선
남북한 여자 축구가 치열하다
철조망도 이념도 뻥뻥 걷어차지는 못했지만,
북에 패했지만, 화가 나지는 않았다

* 탈북자 정착 교육기관.

# 바람이 어보魚譜*를 엮다

## 이원오

　유배는 바람이다 그렇지 않고서야 내가 이곳까지 올 리 없다 유배 생
활은 바람과의 동거이다 귀를 창밖에 걸어둔다 바람의 정처定處는 창일
것이다 초가삼간의 빼꼼한 구멍에서 보는 뱃소리에 귀는 밝아진다 마음
의 봉인을 풀기까지 이 바다는 버려져 있었다 온통 먹빛이었다

　바람이 흑산의 어보를 엮었다 청어 배를 갈라 뼈의 숫자를 기록했다
바람이 얇고 간 뼈는 검다 상어 암컷은 태보가 둘이나 있다 바람이 스쳐
지나간 탓이다 바람이 흑산의 어류들을 살게 하였고 비로소 물고기 족
보에 올리게 되었다 죄인이 물고기의 배나 가른다는 비난을 혁파하는 것
이 바람 따라 온 뜻이다 흑산의 바람은 깊이만큼 검어 봉인을 뜯은 지금
에도 그 지평을 보여주지 아니한다 대저 바람이란 무엇이란 말인가 나
에 대한 혐의인가 봉인인가 깊이인가

* 손암 정약전이 흑산도에서 유배 중에 지은 『자산어보』.

265

# 서울특별詩
— 소녀와 가로등

**이원준**

소녀가 왜 또 고장 난 가로등에 알몸으로 걸려 있는지 아무도 그 이유를 알지 못했다 알 만한 사람들마저 알려고 하지 않았으며 알면서도 모른 체했는지는 알 수 없는 일이다 간밤이 벗어놓은 눅눅해진 허물과 하루의 시작을 동시에 쓸어내는 청소부가 젊어진 × 비스듬히 빛난다 앞만 밝힌 익명의 차들은 익숙하게 지나던 길을 따르고 사각 하늘에 맨홀이 되고자 태양은 떠오르는가 세상을 하나의 색으로 섞기 위해 새벽을 찢으며 발기하는 빌딩들 사각 도시의 약속반지 달콤한 둥근 도넛과 회색의 발원지 블랙커피로 아침을 채운 바둑알 시민들 보도블록 위에 집을 짓는 동안 소녀는 치워지듯 사라지고 지하 차도 같은 시간이 흘렀다 말더듬이 시민들 한곳으로 열심히 사는 사이 각자의 예감이 더러 핏빛으로 순환되기도 한다 내 가슴에 사랑 있는데 네가 없어 내 머리에 기억 있는데 네가 없어 내 과거에 아직 네가 있는데 내가 없어 또 다른 소녀가 가로등 아래서 똑같이 중얼거릴 때 다시 환하게 켜지는 어둠 저기서부터 밤하늘 봉합 시작하는 알알이 영롱한 별자리들 오늘도 눈부십니다

# 감나무 맹자

**이월춘**

늙은 감나무 한 그루
말없이 내 마음에 들어오신다
늦가을 바람에 멱살을 잡힌 가지들이
세상의 눈보라를 붙들고 우는데
뜨거운 강물 한 사발 들이킨 산그림자는
당신의 배꼽 근처에 앉아
저녁연기의 노을 낙서를 읽고 있다
천자문을 베껴 쓰듯이 아버지
아버지의 삼베 적삼을 부르고 부르다 보면
푸른 욕망이 붉은 하루가 되어
잎 진 자리마다 말씀으로 돋아 상처를 핥을 터
서둘러 사라지는 햇살의 옆구리가 시리다

# 노고단 시 쓰기

이윤하

「노고단」이라는 시를 쓰고 있는데
아이가, 아빠 좀 도와줘 하면서 왔다.
함께 다녀온 터라
한 편 쓰려고 끙끙대기는 매한가지.
낱말 하나에 티격태격
어휘 하나에 실랑이
드디어, 이미지 불일치로
토라지고 말았다……
(이 부녀, 이럴 줄 알았다.)
글쓰기가 노고단 오르기보다 어렵다.
노고단을 오르는 아이의 뒷모습에 뿌듯했던 생각이
슬그머니 겸연쩍다.

손잡아 주는 이 없이
두 다리로 직립하고
두 다리로 길을 내고
두 다리로 올라서
노고단 구름 망토를 두르고
두 손가락 곧추세워 찍은 대견한 사진이
글쓰기에도 있다는 걸……
(또 잊은 나, 아빠!)
툭툭 부러뜨린 시냇물 소리를

다시 재잘재잘 이어 붙인다.
지리산에서 모셔 온 계곡물 소리.

# 달개비

**이윤학**

무릎 수술을 한 여자가 대야를 이고 언덕을 올랐다 고구마 순이 물먹은 밭고랑으로 굴렀다 그 여자를 따라간 경운기 바퀴 고랑에 질경이꽃이 씨를 받았다 그녀의 목줄기를 물어뜯은 기침 소리 들렸다 참나무 가지에서 짜지는 꾀꼬리 둥지 높아지지 않았다 목매달아 죽은 103세 노모를 잊은 남자가 중탕 찌꺼기를 묵정밭에 내고 손뼉을 쳐 까마귀를 쫓았다 호미를 들고 회화나무 밑동 둘레 달개비 뿌리를 캐내던 노모는 아랫집에 사는 둘째아들 내외를 외면했다 달개비를 캐낸 자리에 뗏장을 입히고 밟았다 달개비들이 뗏장을 열고 나왔다 빗물 고인 풀장의 하늘은 수술 없이 파랬다

# 폭포

## 이은봉


뛰어내려야 한다 앞장서 떨어져 내려야 한다 절벽 아래로 달려들어야 한다 단번에, 순식간에

창칼을 들어 저 새하얀 광목천, 쭈욱 찢어버려야 한다

두려워 마라 무서워 마라 겁내지 마라

훌쩍 뛰어내려야 한다 굵은 물줄기로 떨어져 내려야 한다 번개처럼 천둥처럼

과감하게 내려쳐야 한다 쳐라 쳐, 모두 함께 달려들어라 떨어져 내려라 뛰어내려라

그럴 때 너도, 나도 호수가 될 수 있다 천천히 흐를 수 있다 굽이치는 강이 될 수 있다 둥근 바다가

바다는 평화, 평화는 파도, 파도는 내일, 내일은 꿈, 꿈은 희망…… 강으로 바다로 흐르다 보면,

그윽한 목소리로 출렁일 수 있다 한 생명, 낳을 수 있다 한 하늘, 한 말씀, 이룰 수 있다.

# 겨울 산하山河

**이인범**


간밤 저수지 얼음장 쩍 갈라지는 소리
희끗희끗 눈이 버짐처럼 번져 있는 강둑

근처 앙상한 가지들의 뽕나무밭에서
참새들이 투망 펼치듯 날아오르다가
먼 데 꿩 울음처럼 사라진다
순간, 노루일까? 한 마리
왼쪽 산에서 뛰쳐나와
둑길 위에 선다 잠깐 두리번거리다가
얼어붙은 정지된 공간을
발과 머리로 깨뜨리며 헤치며 춤추듯 간다

키 큰 나무엔 온기 떠난 검은 빈 둥지
건너 산 밑 비탈 수수깡만 몇 선 밭엔
바랜 황토색 윗옷만 걸친 허수아비

겨울 칼바람에는 마른 피가 묻어 있다
집 잃은 영혼들이 불안히 휘몰려 다닌다

지금 저 차가운 산하에 서린 음색은
숙성된 젓갈 김치처럼
감칠맛이거나 역겨운 비린내이거나
비극의 암전 순간 같다

# 우주먼지

**이잠**


세상 몹쓸 먼지가 둥굴어 다니다 뭉쳐져서
여자 몸뚱이가 되었다는
어머니 말씀은 서럽기도 했지
이왕이면 고운 꽃 이파리나 귀한 보석이
보태져서 만들어졌다고 말해주면 좋으련만

생리통으로 쩔쩔매는 나에게
허리를 자근자근 밟아주며 하신 말씀은
더욱 서러워 엎어져 울게 했지
진흙 반죽도 아니고 몹쓸 먼지라니

그러다 지구과학 시간에
가스와 먼지가 뭉쳐져서 우주가
만들어졌다는 것을 배웠다
캄캄한 우주 공간을 떠다니는
수백억 년 전 먼지들이 별 가루처럼 빛났다

그중에 이왕이면 모질고 못된
먼지가 뭉쳐져서 여자가 되었다면
더욱 마음에 드는 말이다
곰이 어두운 동굴에서 쑥과 마늘을 먹으며
참았더니 여자가 되었다는 말보다

혁명적인 말이다

혁명은 꿈꾸기보다
밀어붙이기가 더 힘들기 때문이지

# 걸어 다니는 호수

**이재무**


소의 커다란 눈은 호수 같다

그렁그렁 눈물이 고여 있는 호수

소가 눈 들어 앞산을 바라보니

앞산이 호수에 잠긴다

눈 들어 하늘을 바라보니

구름이 잠긴다

소가 꿈벅, 하고 눈을 감았다 뜨니

산이 눈을 빠져나오고

소가 또 꿈벅, 하고 눈을 감았다 뜨니

구름이 빠져나온다

소는 느리게 걸어 다니는 호수를 가지고 있다

# 화장실 청소를 하다가

**이정숙**


해묵은 화장실에서는 자꾸만 검은 곰팡이 피고
그 곰팡이 지워버리려 곰팡이용 염산을 뿌리다
손과 발에 튀자마자 불꽃처럼 확! 찍히는 물집들
그 독한 것들을 어쩌자고 그렇게 겁 없이 부어버렸는지


제 살 화끈한 건 알아 아무리 씻고 또 씻어도
거짓말처럼 벌겋게 잡혀버린 물집
온 집 안을 메워버린 게으름의 냄새처럼
아, 그렇게 깊은 가슴속에 밀쳐둔 누덕진 생각들
그 삿된 상처 위에 어쩌자고 한꺼번에 다 부어버렸는지


나는
오래된 화장실에 피어나는 검은 곰팡이꽃.
매일매일 청소하면 쉬이 없어질 더께들을 오래오래 묵혀두며
뒤척이며 쌓아둔 불면의 그 밤까지 더불어 버려두곤
제 살 썩는 줄 모르고 들이붓고 마는
독하디독한 곰팡이용 염산인 것만 같은지.

# 억새

**이제향**


억새는 혼자가 아니라
항상 함께 뭉쳐서 난다

마른 가을 들녘
억세게 살아온 탓인지
뭉쳐야만 산다는 것을
이미 알고 있었던 것이다

바람이 불 때면
뭉치도 따라 이리저리
힘없이 흔들리지만

그 속엔
풀도 있고 꽃도 있고
알록달록 알도 숨어 있다

그래서 더욱
단단히 뿌리를 박고
어깨를 맞대어
울타리를 높이 쌓는다

억센 억새로

뭉치고 뭉쳐서
더 넓게 껴안으며
밭이 되고 숲이 되고자 한다

# 육거리 함석공사 거북이 의자

**이종수**


육거리 함석공사 할아버지 주종목은
빗물받이, 연통
얼음장처럼 날카롭게 쩡쩡거리는 함석판도
각목과 나무망치 하나면 빗물받이가 되고 연통이 되는데
이 집의 명물은 따로 있다
앉은뱅이 거북이 의자
쪼그리고 앉아 접고 펴는 몸 따라 앉은뱅이 의자가
거북등 모양으로 닳고 닳은 것인데
끌어당겨 접고 다시 밀어내며 한 평 남짓한 마루의
삼보일배 따라 한 세월 뭉근해진 것이다
그렇게 할아버지 등에 태우고 비 오는 날이면
어느 집 처마를 잘 받치고 있나
독하디독한 연탄 연기는 새지 않고 잘 뽑아 올리고 있나
걱정하며 짧은 다리 달그락거리며 사는

# 청도淸道

**이종암**

　신라 원광법사가 두 화랑에게 세속오계의 법法을 전한 곳이 경북 청도
군 운문면에 있었다는 가슬갑사 부근이라네 예부터 법도法道가 전해진
내 고향 청도다 우격다짐의 말씀이 결코 아니다 전국의 군 이름 가운데
도道, 라는 글자를 안고 있는 곳은 눈 씻고 찾아봐도 청도淸道뿐이라네

　연산군 때 무오사화로 화禍를 입은 백형伯兄과 중형仲兄의 귀양지를 오
가는 길에 헛헛한 마음 다스려지는 청도로 거처를 옮긴 선조 이육 할아
비는 맨 처음 터 잡은 화양읍 유등의 집 앞에 있던 옛 연못을 넓혀 연蓮을
심고 군자정君子亭 세워 청도의 도道를 높이고 이어갔다네 그 아래 자손
들 선조의 가르침 받들어 임란과 일제 때 목숨 걸고 나라 구했네 세월이
흘러도 그 혈맥들 높은 곰티재 넘고 맑은 동창천 거슬러 매전과 금천, 운
문으로 또 가례와 길명으로 이어져 와글와글 서로 정 나누며 산다네

　꽃 피고 열매 열리듯 동네방네 멈춤 없는 혈맥과 사랑의 흐름, 그것이
도道의 얼굴이다 내 고향 청도는 그런 곳이라네

# 바이칼 1

## 이종형

푸른 호수 위 초승달
몽골리안 무당 등 뒤, 붉은 노을

가만히 눈을 감고
평화니 사랑이니 화해니 이런 거창한 것 말고
사소하고 보잘것없는
지극히 개인적인
오랫동안 마음에만 담아두었던
그런 소원 하나쯤 빌어도 좋을

그 정도면 충분할 것 같은
나머지는
다 헤아려 알아들을 것 같은

# 엔딩 크레디트

이주희


1박 2일간의 영화는 끝이 나고
출연진과 스텝진의 이름이 천천히 올라간다
큰아들 큰며느리 그들의 두 아들
작은아들 작은며느리 그들의 아들과 딸
이름 하나하나 떠올랐다 사라지는 동안
까르르 웃고 투덕거리던 장면 장면을 복습하듯 되새겨본다
자막이 모두 사라진 후에도
나는 검은 화면에 흐르는
배경음악 넬라 판타지아 바이올린 연주곡에 취해 있다
그마저 끝나고도 선뜻 자리를 떠나지 못하는데

어머니 잘 도착했어요 수고 많으셨어요
작은아이의 문자가 오고
큰아이도 전화를 한다
무사히 내려왔습니다
길은 안 막혔니? 고생했다

작은아이에게 답문자도 보낸다
푹 쉬렴 한동안 달을 자주 볼 것 같구나

내가 제작한 추석 특집 영화는 엔딩 크레디트까지 모두 끝났다

# 홀씨의 누각 1

**이지호**


단 한 사람을 위해 지어진 창

한가운데 머물던 마음을 뽑아 가장 높은 곳에 걸어둔다
내게 가장 가까운 곳
하나뿐인 세상을 얹어
피곤을 쉬게 한다
숨결 따라 허물어졌다가 다시 지어지는 집 한 채
구름은 날아가는 것의 거처가 된다
뭉쳐두었다가 한순간 놓아버리는 창


노크 소리로 닫히는 문
벽은 다른 풍경을 옮기려 과거와 미래를 넘나든다
지표면으로부터 떨어져 있다는 것이 때론
위안이 될 때도 있다


폐수를 뽑아 집을 짓는 거미, 새벽의 창문에 걸리는 공중, 걸음이 지나
가는 곳마다 투명한 식욕이 들어온다


몽롱한 그물은 풍경을 채집한다
발아래로 모여드는 것이 늘어날수록
날갯짓이 떨어져 쌓여간다

공중엔 앞과 뒤가 없는 평평한
나를 보러 눈을 감는다

# 검은 콩

**이진욱**


소반에 서리태를 쏟고 쭉정이를 고릅니다


뙤약볕에 타들어 간 콩
벌레에게 먹힌 콩
딱새에게 쪼여 반만 남은 콩
채 자라지 못하고 말라버린 콩
이슬처럼 단아한 콩


못난 콩이 눈에 먼저 들어온다고
침침해진 손으로 뒤집을 때마다 실한 콩은 달아나기 바빴습니다


콩을 고르다 문득,
며칠째 아랫목을 지키고 있는 아내가 눈에 들어왔습니다
콩꽃 같은 모습은 간데없고
호미에 이끌려 타버린 아내가
쭉정이처럼 누워 있습니다
물이 들지 않을 만큼 단단하던 저 몸속으로 나는 차마 들어갈 수 없습
니다
손댈 수 없을 만큼 푸석해져 버린 아내


내 손에 까만 물이 들도록 콩을 고릅니다
쭉정이라고 생각했던 콩도 함부로 버릴 수 없습니다
눈물이 까매지도록 고르고 또 고릅니다

# 땅

**이한걸**


땅이 있으면
땅땅거리며 살 수 있을까
아버지 어머니 그토록 소원하던 땅
제법 큼직한 밭뙈기
정년퇴직 후에야 장만할 수 있었다

승용차로 40분 거리
시내버스 자주 다니는 도로 옆이니
좀 멀기는 해도 괜찮다
고추가 잘될까 마늘이 잘될까
감자 옥수수 심고 싶은 것 너무 많은데

여보! 뭘 그렇게 골똘히 생각하세요

하늘엔 별이 유난히 반짝이고
두근두근 콩닥콩닥 가슴 설레는 밤
난생처음 땅을 계약하던 날
우리 부부는 잠 못 이룬 밤이었다

# 혼자 걷는다

**이한열**


슬픈 마음, 이슬에 젖은 채 홀로 걷는
적막 깔린 대숲 길 더 오롯하다
눈먼 시절의 가책을 밟듯이
느린 걸음이 수북한 댓잎 더미 밟는다
돌이킬 수 없는 세월의 과오가 서걱거린다
헤아리지 못한 순미한 단심을 밟는다
걸을수록 무거워지는 후회가 서걱거린다
둘이서 오붓한 산책의 순간들 꿈길 같았는데
남아 있는 추억의 길은 바람만 횅하니 불어오려나
아직도 눈빛이 촉촉한 것은
살갑지 못했던 나날의 솟구치는
죄스런 마음 때문인가
다시 살아도 속죄를 다 하지 못할
회한의 새벽 속으로 속울음 삼키며 혼자 걷는다
이 연륜에 비로소
선연을 위해 다 바치고 떠난
진정으로 하나뿐인 반려자를 가슴에 품는다

사랑아, 용서해라
이제 그 하늘에서는 힘든 짐 벗어놓고 늘 행복해라.

# 배꽃능선 첩첩한 한 알 속

**이향지**


향기의 배경을 흐리자
꽃은 꽃이 아니라 꽃의 노동만 초점 속으로 들어온다
이것이 지금 나의 병이다

약도 없지
첩첩한 능선을 출렁이게 하는 빛 같고 우레 같은
향기

가지마다 겨드랑이마다 선혈이네
너무 붉어서 흩어지는 순간 하얗게 바래어
스민다

# 줄타기

**이혜수**

만나고 헤어지는
줄타기 인생

오늘도 줄 위에서
화려한 목숨의
슬픔 반전을 읽는다

# 상床을 닦으며

**임술랑**


상을 닦다 보니
당신 얼굴이
이 상에 비치는 듯하오
겸상을 하고
세상을 건너던 많은 이야기를
나누던 상
상을 닦다 보니
당신 얼굴이 까만 옻칠 한 그 속에
은은히 새겨져 있는 듯하오
깨끗한 행주로 쓰윽
그 얼굴을 훔치니
사무쳐 눈물이 가득
행주에 머금는 듯하오
당신과 나
나와 당신

# 근무

**임승유**


울타리를 지날 때 나도 모르게 쥐었던 손을 놓았다 나팔꽃의 형태를 따라 한 것이다

오므렸다가 폈다가
안에 든 것이 뭔지 모르면서 그랬다

살아 있다면

뛰어다녔을 것이고 뛰어다니면 어지럽고 뛰어다니면 시끄러우니까 쉬는 시간인가 보다 그러면서 붓 같은 걸로 살살 털어주면서 붓을 갖다 놓으면서 문을 닫고 나왔는지도 모른다 어쩌면

창백한 도감이었는지도 모른다

물가에 앉아서 생각에 빠져서 종이에 싸갖고 온 것을 풀어보다가 아무 것도 없어서 아무것도 아닌 것을 주머니에 넣어 오다니 내일은 그러지 말아야지 다짐하며 천천히 일어날 때

쏟아지는 빛의 한가운데였다

물감이 마르는 동안이라고 했는데

아직 거기 남아서 꿈틀대고 있었다 여전히 내가 뭔가 쥐고 있다는 사
실을 믿을 수가 없었다

# 수련은

**임형신**


마을과 마을을 너무 급히 지나왔다

   평발의 구름 오래 머물다 가는 못에는 지친 내색도 없이 늘 제자리에서 웃고 있는 수련

   한곳에서 일생을 머물다 가는 수련의 작은 못은 또 하나의 커다란 코스모스 귀 기울이면 실타래처럼 풀어내던 어머니의 이야기를 수련은 들려주고 있다 대숲에 바람이 이는 작은 집 울안에서 평생을 보낸 어머니의 작은 우주를

   수련의 이야기를 듣다 오는 길 뒤돌아보면 호수는 큰 눈 눈물 가득 산모퉁이까지 나와 서 있다

   마을과 마을을 너무 급히 지나왔다 우연히 길을 가다 내게 온 작은 우주 평발의 구름 지친 발 담그고 있는 호수는

# 무지외반증*

**장문석**


260을 달랬더니
250을 내놓는다
250이 아니라 260이라고
재차 또박였는데도
250을 내놓는다
예전엔 군소리 없이 250이더니
왜 뜬금없이 260이냐며
오히려 핀잔이다
그동안 더 자란 것을 어떡하냐, 했더니
참, 세상 물정 모른다는 표정으로
요즘의 세시 풍속은
250이 대세인데
여태껏 그걸 모르고 있었느냐며
이젠 260은 아예 만들지도 않으니
괜한 고집으로 험한 꼴 보지 말고
그냥 250을 신으란다
발을 신발에 맞추란다
그게 난세를 건너는 비책이라며
귀엣말이다


그래서 못 이기는 척 신었던 신발인데
절룩절룩 여기까지 걸어왔던 것인데

* 잘못된 신발 착용으로 엄지발가락이 변형되어 통증을 유발하는 증상.

294

# 꽃집에서

**장석남**


　나는 꽃이 되어서 꽃집으로 들어가 꽃들 속에 섞여서 오가는 사람을 맞고 오가는 사람들로 시들어, 시들어

　나는 빛이 되어서 어둠으로 들어가 어둠 속에 숨어서 오가는 숨결들을 비추고 오가는 숨결들로 시들어, 시들어

　나는 노래가 되어서 빛나는 입술로 들어가 가슴에 잠겨서 피어나는 꿈들을 적시다가 오가는 꿈들로 시들어, 시들어


　꽃집이여
　꽃집이여


　혀와 입술을 파는 집이여
　마른 혀와 마른 입술을 파는 집이여
　나의 육체를 사다오
　나의 육체를 팔아다오

# 촉

## 장인숙

옥수수 거둔 자리
며칠 지나지 않아 비닐을 뚫고 마늘 싹이 나왔다
정말이지 깜짝할 사이와 사이에 촉이 난 것이다
본래 촉은 깜짝 발상이다
깜짝 나오는 그 촉으로 사람들은
부자가 되고 스타도 되고 멋진 시를 낳는다
타인이 생각지 못한
뒷면의 찰나를 놓치지 않았다는 말이다
촉이다 좋은 촉이 출세를 부르는 세상
촉이 결국 축이 되는 세상이다
촉이 늦으면 뒤처진다
물러나야 한다 떠나야 한다
그들의 축이 될 수 없는 선생님은 선생질을 하고
독자의 감성을 옆구리를
울리지 못하는 시인은 삼류가 된다
뒤처지는 거북이다
벌이를 위해 젖은 바닥을 엉금엉금 기는
미련한 밥벌레일 뿐이다

# 악어새

**장재원**

구름처럼 머물다 풍선처럼 떠오르는 날갯짓은
생존을 위한 기발한 적응
철갑 비늘들이 번쩍이는 늪지 악어들의 이빨에
짜증 나는 지체와 정체의 찌꺼기가 끼었을 때
코를 벌름거리며 나타나
영원을 허비하는 악어들의 시간을 쪼아 먹는다
장사진으로 엉킨 머리와 꼬리 사이를 위태히 오가며
얻을 양식의 대가는
날카로운 이빨과 이빨 사이의 공생
화창한 봄날 휴일과 내통하여 낭패시킨
일상 탈출의 꿈들이 갇힌 현실의 늪에서
공회전에 이빨 가는 입들을 벌리게 하여
즐거이 제 모이주머니도 채우고
시나브로 막혔던 물길이 뚫리면
바람처럼 또 다른 악어들을 찾아 떠나는
고단한 삶의 달인들, 고속도로의 악어새!

# 그늘

정가일


우리 집 마당에는,
넓지도 않은 그곳에는
작은 나무 큰 나무가 작달막한 그늘을 만들고 있는데
해가 갈수록 그것들이 하늘을 덮을 것 같아서
자라면 자르고 자라면 자르고
꽃 피워 열매 맺기 전에 자르다 보니
참 우스운 모습이다

그래도 그곳이 나무가 자라는 숲인 줄 알고
참새 떼 날아들어
나뭇가지 사이를 갸웃거려보다가
조막만 한 강아지에게
내가 밥을 주고 돌아서면
그것들이 우르르 몰려와서는
날개도 없는 강아지 밥을 찍어댄다

그것을 보고 내가 벌컥 화가 나서는
휘 ─ 어이, 하늘 높이 손을 번쩍 치켜들었다가는
차마 그들 위로 내리치지 못하고
슬그머니 손을 내려놓는다
이런 나를 저 새들은 뭐라고 할까


298

# 적도에서 가을을 맞다

— 우기雨期의 재구성

**정선호**

10월 필리핀 들녘에 갈대 줄기가 피었으며
억새풀도 산과 들에 피었다
들녘 한쪽에서는 벼를 추수 중에 있지만
다른 한쪽에서는 모를 심고 있다
필리핀의 계절은 우기와 건기로만 나뉘었으나
몇몇 식물이 가을을 만들며 모반을 일으켰다

우기 막바지에 기온이 좀 내려갔으나
창조자는 적도 지방의 가을을 허락하지 않았다
몇몇 식물이 그걸 어기며 가을을 만들었으나
그걸 인정하지 않고 묵인해줄 뿐이었다
적도 지방에서 가을을 만들려면
우주의 모든 별들을 재구성해야 하기 때문이다

또한 조석으로 선선한 날씨 역시 가을임을 증명했다
저녁엔 냉방기가 불필요해졌으며
나는 한국에서의 가을 들녘과 산의 풍경 떠올렸다
마음에는 스산한 가을의 심상이 되살아났으며
애인과 이별하며 겨울 맞을 채비를 했다

적도의 우기엔 휴화산처럼 산과 들녘, 내 마음에서
조그마한 모반이 일어났다

# 존재의 그늘

**정성태**

우리는 늘
너나없이
모두
따로 서 있는
한 그루
외로운 나무.

# 장작더미

**정세훈**


폭설에 갇힌
외딴 산 집 뒤꼍
쌓아놓은 장작들이
따스운 것은

혹독한 추위와
막막한 폭설과
당당하게
맞설 수 있는 것은

저마다 하나하나
불이 붙어
외딴 산 집 구들장을
데울 수가 있어서가 아니다

엄동설한 뒤꼍을
장작더미 되어
함께
지키고 있어서다

# 사타구니가 가렵다

**정소슬**


사타구니가 가렵다
사랑의 등고선이 접히는 그곳
이제 서로의 체온조차 짐이 된 그곳
도심 공터처럼
애증의 찌꺼기로 몸살을 앓는 그곳
마른 검불이 솟대처럼 서서
언제 올지도 모를 고도를 기다리는 그곳
등고선 지워진 지난 맹세들이
고도가 오고 있다며 잠꼬대를 해대는

그곳이 가렵다
너와 나 천명天命으로 잇댄
사타구니가 가렵다
둘 사이 접힌,

접혀
아등바등 구겨진 사랑이 가렵다

# 님!

**정안면**

님이여! 님은 누구십니까? 오늘 내 마음 깊은 곳에 숨어 있는 그대입니까? 가슴 에이도록 절절한 가을날의 시퍼런 하늘입니까? 붉은 꽃 노랑 꽃 하얀 꽃으로 흐트러져 피어난 들꽃입니까? 오늘 마른 가슴 후벼대며 파고드는 바람입니까? 하늘거리며 쓰러지는 풀잎입니까? 어두운 밤하늘을 가로질러 쏟아지는 별똥별입니까? 그대 가슴을 처절히 적시며 흘러가던 저녁 강물입니까? 그 강물을 따라 강변에 서서 흩날리던 은빛 억새입니까?

님이여! 님은 오늘 어디에 계십니까? 님을 찾아가는 오늘의 길이 너무 멀어 가엾습니다 님을 찾아 흘러가는 오늘 그대의 푸른 강물이 너무 아련합니다 님이여! 님은 사랑의 또 다른 이름이었던가요? 흔적이었던가요? 님을 찾아서 님의 마음 깊은 곳에 다다르면 님은 그곳에 정녕 계시나요?

님이여! 오늘 님을 찾아 먼 길을 떠납니다 홀로 가는 오늘 이 길의 끝에서 님을 만날 수 있을까요? 그토록 간절히 사무친 님을 만나 님과 함께 그 먼 길을 갈 수 있나요 님이시여! 님은 그토록 서로를 사랑하며 가슴 먹먹히 저리던 그리운 이름이 오늘 님이었나요? 그대가 나의 님이었나요? 오늘 밤 내 가슴 푸른 멍에로 쓰라린 그대의 얼굴이 내 사랑하는 님의 얼굴이었나요? 님이여! 님이여!

# 폐자전거를 보다

**정완희**


언제쯤 버려졌는지도 모를 오래된 자전거
누군가에 의해 자물쇠로 봉인된 채
아파트 단지 주차장 옆에 쓰러져 있다.
바퀴에 족쇄가 채워진 채 잊혀지는 것들

아파트 단지마다 수없이 녹슬고 있는 이들은
결코 낡아서 죽은 게 아니다.
단지 싫증 나서 버림받은 것
처음 새 자전거를 만났을 때 마주했던 설레임과
가슴 두근거리던 열정은 어디로 사라졌을까?

부러진 페달과 끊어진 체인
녹과 먼지에 둘러싸여 생을 포기한 프레임
바람과 함께 질주했던 욕망이 빠져나간 타이어
철창 속에서 안락사 될 날만 기다리는 유기견들이나
장례식장 한켠에 붙어 있는 요양병원의
사람 그리운 노인들의 눈빛들처럼

몇 년마다 한 번씩 아파트 관리소에서는
버려진 자전거의 봉인된 쇠사슬을 끊고
트럭에 실어 하늘나라로 올려 보낸다

# 간간한 봄

**정용화**


봄은 서투른 간잽이처럼
길게 누운 길 위에 굵은소금을
왕창 뿌려댄다

나이가 들수록 점점 간간해지는
어머니의 손맛처럼
바닥을 견디고 있는 길 틈새마다
골고루 스며드는 분홍 소금들

나비가 잘 구워진 정오 근처를 날고
꽃 한번 내고 시드는 봄에게

에비, 짜서 못 먹는다

분홍 치마 곱게 차려입은 어머니
바람은 결 따라 소금길 내고
때마침 내리는 봄비에
알맞게 간이 밴 봄을 식탁 위에 올린다

금세 발라 먹고 뼈만 남은 봄

# 금동아짐

**정우영**

금동아짐은 오래전 적멸에 드셨는데
밤새도록 누가 저 빈집
안방에서 수런거리고 있어요.
새벽녘 몰래 들여다보니
탱탱한 청죽 한 쌍 서서 누워
얽혀 비벼대며 새콤한 정절,
활활 태우고 있는 거예요.
살그머니 다가가 돌쩌귀 망가진
안방 문 조심스레 닫아주었지요.
청상으로 수절하신 금동아짐 저렇듯
푸른 몸으로 다시 오셨구나.
조촐한 제 목례에 빈집이 흔들립니다.

# 성벽城壁

**정원도**


이순신 장군마저 포위되었다

그를 따르던 어린 자식들 몽땅
세월호에 수장시킨 후
무리들이 최후로 택한 생존의 보루는
화석이 된 지 오래인 광화문
이 장군 휘하로 몰려드는 일이었다

걸핏하면 그를 우려먹던 선조의 휘하들이
감히 거북선까지 전경 차벽으로 에워싸니
물샐틈없는 차벽이 성벽이 되었다
누구를 보호하자는 성벽이 아니다
누구를 섬멸하자는 수용소의 고루한 담장이 되었다

차벽을 친 자들이, 차벽 안의 장군 휘하를
불순 세력이라 칭하던 지배 전략의 관성이
46일간의 애간장 녹이는 단식을 포위했다
나는 경상도 이념의 고정불변 하수인인
노모와 아내가 만류하는 1차 저지선을 뚫느라
탈진한 정신을 추슬러 다시 광화문으로 나아간다

언제까지나 억압을 탈출하지 못하는 삶은
고루한 수성守城에 허물어진 황성 옛터가 된다

# 감국

**정하선**

오십이 넘었을까
흰머리가 가칠가칠한 여자가
가을 들꽃을 꺾고 있다
덤부렁듬쑥에 혼자 엎드려
노오란 감국을 따고 있는
야윈 맨살에
푸른 정맥이 드러나 보인
여자의 살망한 종아리
히야, 눈물겨웠다
구진포 강변 버려진 집에
이혼하고 돌아와 혼자 사는
둘째 누나 같은
누이야, 이제는 도망가지 마라

# 청도를 지나며

정희성

문상할 일이 있어 밀양 가는 길
기차가 마악 청도를 지나면서
창밖으로 펼쳐지는 감나무 숲
잘 익은 감들이 노을 젖어 한결 곱고
감나무 숲 속에는 몇 채의 집
집 안에 사람이 있는지
불빛 흐릿한데, 스쳐 지나는
아아, 저 따듯한 불빛 속에도 그늘이 있어
울 밖에 조등弔燈을 내다 걸었네

# 객사

**조길성**


발자국 모양으로 살얼음 찍힌 논을 지나는데
뒤따라오던 내 발자국이 춥다 춥다 합니다
이 외진 곳에 누가 제 온기를 남겨놓았을까
발자국이 남겼을 순간의 무게를 생각합니다

낮빛보다 더 밝은 요단강 건너에는
문이 활짝 열려 있겠습니다만
울음 우는 쇠기러기 몇 마리 외엔 보이질 않습니다
하나님 오른편에 서서 영생복락을 누리기엔 참 알맞은 주검입니다
아이 두 놈이 다듬다 버린 콩나물처럼 흐린 눈빛이네요

노을이 살고 있는 금빛 창문 집에
하루가 놀러 와서 밥 얻어먹는 시간입니다

# 길, 묘연猫緣

**조덕자**


지난겨울 옥상 창고 귀퉁이에 숨어든 길냥이 한 마리
영역 싸움에 지쳤는지 내가 들여봐도 눈만 꿈뻑
커다란 눈 속에는 허공 같은 하늘이 들어앉아 있었다
가끔 길 잃은 박새들이 빨래 건조대에서 자고 가는 추운 겨울밤
도시의 밤하늘은 거대한 그물 같아서 새들이 자주 길을 잃고 날아들
었다
창고 한쪽이 녀석의 영역이 되고 나서 새들의 모습은 사라지고
내가 놓아둔 붉은 밥그릇 속 사료들도 조금씩 줄어들었다
그렇게 겨울이 지나고 녀석이 소리 소문 없이 사라진 자리
개미들만 햇살 아래 잔치를 벌였다
봄, 여름 내내 마당 울타리 수풀이 무성하더니
두 마리 새끼를 데리고 녀석이 나타났다
뜨거운 내 마음까지 얹어서 다시 밥그릇이 채워지고
이번엔 옥상이 아닌 마당 한 귀퉁이가 녀석들의 영역이다
허공 같던 눈 속에는 아직도 경계심이 가득하지만
햇살 바른 날 아침 보은의 뜻인지
생쥐 한 마리 대문 앞에 얌전히 물어다 놓았다

# 마애불에 묻다

**조동례**


몸부터 섞고 보자
서천을 지키던 광목천왕 깜빡 조는 틈 타
두 사람 한 몸 되었네


후회로다 몸과 마음은 둘이 아니라는
부처님 말씀 말짱 거짓말


몸을 섞어도 마음이 안 따라줄 때가 있고
마음을 섞어도 몸이 안 따라줄 때가 있어
부처에게 속았다고 길길이 날뛰더니
눈코입귀 밀어버리고 돌 속에 들었네


일부터 저지른 후회가 어디 너뿐이랴
보이는 곳에나 보이지 않는 곳에나
나 아닌 나 왜 자꾸 생겨나지?


정령치 바래봉 가는 길목
돌 속에 들어앉은 마애불이여
몸이 먼저던가 마음이 먼저던가

# 소리의 방

**조삼현**


새 한 마리 휘익 부리로 바람의 사선을 가르며
늙은 오동나무 귓속으로 들어간다
동굴처럼 어둡고 게르처럼 아늑한,

오동나무는 겹겹이 여미고 싶은 나이테의 욕망 대신 몸속에
소리의 방 하나 들였던 것이다 늘 비워두어 새들과
한뎃잠 뒤척이는 풀벌레며 다람쥐
제 상처에 깃든 것들을 비좁고 넉넉한 품으로 감싸 안았다
천둥소리 바람 소리 눈보라 드나들며 몸 데워 가게 하였다

어떤 날은 집 단장을 하는지 새가, 옹이에 부리 다친 새가
물렁뼈를 쪼아대어 수심이 깊어지기도 하였지만
온갖 소리들이 오래 머물다 간 방은 늘 이명 왕왕거려
귀앓이를 하기도 하였지만, 귀 멀수록 환해지는 오감이어서
오동은 나무의 결 속에 더불어 살아온 이웃들의 소리를 귀담았다

오동나무, 맑고 푸른 경전을 뜯는다
오동나무가 풀어낸 거문고, 장구, 가야금 중중모리는
소리의 방에 녹음된 오래된 미래를 공명하는 것이다

# 한 자리

**조성래**


그는 떠나고
신발장만 남았다
이 봄날, 바다로 쓸리는 바람에 실려
천지의 벚꽃들 일시에 흘러가고
그 눈부신 길을 따라
그도 가고
다니던 직장의 현관
이름표 붙은 신발장만 여전히
산 사람들 신발장에 섞여, 한 자리
어둡게 빛난다

어쩌면 그도 여전히
산 사람들 틈에 남아 있는지 몰라
이웃한 신발장 수시로 열리고 닫힐 때
그도 슬쩍 끼어드는지 몰라
사람들 눈에 안 띄게, 한 자리
출석 체크하며

# 바람꽃

**조성순**

　군대 가서 첫 휴가 받아 휴가증 고이 접어 가슴에 넣고 한껏 들뜬 마음으로 용산역에서 고향 가는 표를 사려고 길게 늘어진 줄 꼬리에 서 있었지. 근데 어디선가 갑자기 돌개바람이 휙, 모자를 낚아채 가지 뭐야. 모자를 잃어버리고 중대가리로 돌아다니는 군인은 탈영병이거나 무적의 싸이코패스야. 당황하여 둥실둥실 날아가는 모자를 정신없이 따라가다 보니 모자는 어느 후미진 좁은 골목 끝에 가서 떡 멈춰 서는 게 아니냐. 헛, 바람의 정체는 생계형 꽃이었어. 어쩔 수 없이 꽃값으로 휴가비를 탈─탈 털어주고 모자를 돌려받았지. 꽃이 피었는데 벌 나비가 찾지 않으니 꽃은 먹고살기 위한 자구책으로 나비 벌을 부른 거야. 가끔 도회를 떠나 배낭을 메고 깊은 산속 길을 가다가 어디선가 오빠, 하고 부르는 소리에 두리번거리다가 돌아보면 길가에서 말갛게 새살거리는 게 발걸음을 붙잡고 있지 뭐야. 쿵쾅거리는 가슴 진정하고 쪼그리고 앉아 가만히 보니, 오호라, 지난날 벌이 되어, 나비가 되어 좁은 골목길을 허겁지겁 쫓아가서 만난 그 더운 숨결이 바로 너였구나.

# 하지

**조수옥**


서당골 코빼기산 닭 벼슬바위가 거뭇하다

툇마루에 앉아 책을 보는데 객지에 산다는

동창 부음을 받고 가슴께에 조등을 내건다

감나무 아래 늙은 개가 땅바닥에 졸음을 내려놓았는데

한 평 그늘이 묘혈 같다

마늘단이 까실히 말라가고

처마 밑 제비 살던 오막살이 한 채

적막이 깊다

# 언제 만들지 모른다

**조숙**

오지 않은 식탁에 앉아서 비 내리는 것을 보고 있다 주문한 식탁과 탁자들은 아직 오지 않았다 그것들이 들어오면 할 일들을 상상한다 탁자를 만들기로 한 아름다운 청년은 게으르기 때문에 언제 만들지 모른다 나는 오지 않은 탁자에 앉아서 커피를 마시고 글을 쓴다 비어 있는 빈자리에 앉아서 창밖의 풍경을 본다 오지 않은 식탁에서는 아직 만나지도 않은 사람들이 둘러앉아 진지한 저녁 식사를 한다 탁자가 오면 쓰려고 몇 개의 유리잔을 사들이기도 하고 부족한 포크를 사기도 한다

나의 식탁은 아직 오지 않았다 진짜 올 수 있는지도 모른다 그렇지만 꽤 여러 날 꽤 많은 사람들과 저녁을 먹고 눈부신 초록을 배경으로 붉은 포도주를 마셨다 안주는 아직 결정하지 못했다 오지 않은 식탁에 어울릴 만한 의자는 인터넷 장바구니에 여러 번 담겼다가 사라졌다 의자가 먼저 와서 우두커니 식탁을 기다리지 않았으면 했다 거실 탁자 위에 촛불이 켜지고 가끔은 꽃들도 꽂았다 두세 명은 촛불에 흔들리며 늦은 밤까지 머릿속에 있는 생각들을 꺼내어놓았다

# 중력이 흔들릴 때

**조숙향**


오랜만에 우주를 만나러 갑니다
유채꽃이 지구에서 떠들썩합니다
어제는 다른 항성계에서 딸들이 돌아왔습니다
알페라츠에서 온 큰딸은 디즈니랜드에서 셀카를 찍었다며
햄버거 냄새를 물씬 풍깁니다
시리우스에서 노래를 부르고 싶다던 둘째 딸은
벚꽃 같은 젖내를 줄줄 흘리고 있습니다
나는 엄마라는 명분으로
딸들의 우주를 교란시키고 싶나 봅니다
담배꽁초와 빈 깡통이 내 주위에서 공전합니다
시멘트 포장길을 가로지르는 너구리를 만납니다
몸통 털이 다 빠져서 먼지로 떠도는가 봅니다
손등이 터지듯 등이 갈라진 너구리는
머리털만 삐죽 초신성처럼 위험합니다
후투티를 떠올리는데, 너구리는
폭발을 체념한 듯 느릿느릿
시멘트 포장길로 불규칙하게 들어갑니다
내 항성의 잔고는 늘 부족합니다
내일은 다른 행성에 살고 있는 외계인을
빼내 와야 하는 전략을 써야 할 것 같습니다

제대로 은하를 관측하지 못한
중력파가 귀밑머리를 흔들다 갑니다

# 갑곶돈대에서

**조영욱**


본 갑곶돈대는 옛 강화대교가
베개로 베고 누워 있다.
지금 여긴 강화외성 갑곶치甲串雉.
제물진濟物鎭, 진해루鎭海樓는
외떨어져 있다.

하구와 맞물린 해협은 한가하고
섬은 등허리까지 땀이 뱄다.
'곤장 100대와 80대'*에 뜨끔해
애완견과 나들이 나온 이들은 개 줄을 매고
과자 봉지 버리려던 아이들은
쓰레기통 찾는다.

양화진나루 새남터 피로 물들어 불란서 함대가 들이쳤다.
그날 소금꽃 핀 가슴팍, 울컥울컥 피 토한 포는
더는 숨을 쉬지 않는다.
한 번은 졌고 한 번은 이겼다.
줄행랑치던 함대가
통째로 들고 튄 외규장각은
아직 파리에서 돌아오지 않는다.

* "가축을 놓아먹이는 자는 곤장 100대, 재나 쓰레기 버리는 자는 곤장 80대를 친다"는
  조선 숙종 때 세운 금표.

# 외연外緣

**조유리**


독젖을 물릴 것 같은 자세로 검푸른 구름들이 모로 누웠다 오늘은 허리춤에 폭약을 두르거나 척추선을 따라 코브라 문양을 그려 넣기 좋은 날

무릎이 으깨지도록 기어가는 자세로 등 너머
등을 외면하는 자세로
서로 다른 표정을 등줄기에 짓이기는 방식으로

인간의 기분을 흉내 내기 위해 깨진 유리창 안으로 한 움큼 노을을 쏟아놓고

전쟁은 사랑의 평화 방식이라고 굳게 믿으며 시리아 국경을 넘어간 청년은 어제의 복면을 쓴 날씨에 발각되지 않고 살아 돌아올 수 있을까? 용서라든가 빵을 굽는 동안의 자유라든가

인간을 닮은 신앙이란 얼마나 비밀스럽고 불길한 희망인가

극단적으로 태어나 극적으로 자라나는 수많은 핫산들처럼 우리의 배후엔 빵 냄새가 탄피처럼 박힌다 막 지하 세계로 잠입한 길고 습한 시간을 찢으며 전력을 다해 부조리해져 가는 동안 짧은 죽음이 찾아오고

오늘의 체위는 불구에서 시작된다

# 나무

**조재형**

지구에 발목 잡혀
앞으로도 옆으로도
갈 수 없는 나무
하늘을 향해
느리게 느리게
걸어가고 있는 것이다
꼿꼿한 위의威儀를 지키며
허공의 중턱을 고수하는
그들의 보법

제 몸을 깎아
책이 되어서도
자신을 열람할 수 없으니
스스로 붓이 되어
바람의 속내를 필사하는가
좌로 우로
획을 그으며
쓰다 버린 파지들

# 도하에 홀로

**조정**


　인동초 문신 놓인 손목이 고서의 갈피처럼 부드러웠다 모로코 여자가 파이프를 물고 어린 사환이 라이터를 당기고 그녀의 허리띠에 수놓인 덩굴이 고르르고르르 물방울을 뿜었다

　검은 히잡의 휘하에 갓 핀 모로코 여자, 아리따운 어닝 밑이 내 하렘, 골반 날씬한 햇살이 내 기병들, 사막의 귓불에서 베어 온 검은 작약, 커피 종지를 핥는 혀, 나의 오드 아이 나의 오드 아이


　후카, 인생이란 페르시아 카펫과 같다오


　동쪽 광장 비둘기 떼가 많은 돔을 물고 날아올랐다 물 바깥에 앉은 담배, 물 안에 우는 깃털, 흰 똥의 분묘가 일어나 흩어졌다

　구슬처럼 순장된 바람들이, 허리에서 골반까지만 남은 모래들이, 설득과 교란이, 빠른 속도로 진입하는 싱싱한 외부를 기다렸다


　끓어오르는 성좌를 거느리고 삼백일흔 번째 생을 적출한 입술이 오므라들었다 우주목 수피를 먹는 벌레는 아무것도 보지 않는 눈동자, 윗도리 주머니에 손 찔러 넣은 실업의 체위로 내 후궁의 연기는 깊고, 깊은 여자들이 코발트빛 허리띠를 풀어 던져 전전긍긍 절개된 사구로 바다가 밀려왔다


　후카, 하늘은 은저울 닮아 바다의 심장을 계량할 뿐이라오

염소가죽 텐트 치고 변소를 파고 방석을 깔고 앉았다, 기다렸다, 사철 편서풍 부는 땅이 등에서 떨어질 때를, 뜨거운 금박 모래 한 줌 등에 비벼줄 때를, 모래는 손아귀에서 식어만 가는, 세상에, 도하를 보았다

# 아름다운 철학

**조정애**


겸허하고 은은하게
작은 비석 하나 서 있으리
가난하고 병들고 연약한 자들의 어머니여
솟는 태양이여 희망의 빛이여
행동하고 저항하고 짓밟히고 으깨어지며
우리들의 양심을 세우는 풀이여
아름다운 철학이여
세상에서 누린 자여 성취한 자여
당신의 변용이
후일의 역사의식까지도
이토록 슬프게 할 것인가
뙤약볕에 서서 기다리는 풀꽃이여 민주주의여
국립묘지 대통령들 묘소 아래서
인생은 아름답고 역사는 발전하는가
휴전선을 걸어서 넘던 역사의 그날도
죽음으로 던져진 피울음도 사라지고
이 땅의 갈대들은 무수히 흔들리는데
저 멀리 어딘가에
겸허하고 은은한 풀꽃의 나라에서
작은 비석 하나 서 있으리.

# 전위적인 식사

주석희


자 그럼 식사를 시작하지
메뉴는 비굴을 견딘 모기 뒷다릿살과
백열등에 바싹 구워진 나방의 치열한 날개지
제발, 제발 소스는 크림색 파리 육즙이지
생존의 법칙에서 아부와 비굴은 필수영양소지
며칠 밤잠을 설치게 한 보세 난 향으로
소스의 비린내를 감쪽같이 제거하지
포크와 나이프는 필요 없지
근육질 모기 뒷다릿살쯤
창틈을 파고드는 아침 햇살로 부드럽게 잘라 먹지
날개 요리는 지난밤 빗소리로 찍어 먹지
너무 밝은 조명은 이 식탁에 어울리지 않아
아부와 비굴은 결코 빛이 될 수 없으니까
이제 당신은 후식이 매우 궁금하지
아스팔트 위 땡볕에 튀겨낸 지렁이
납작, 자동차 바퀴가 포를 뜬 뱀 부각이지
불공평한 오늘을 견디기 위해
최대한 전위적인 자세로 식사를 시작해야지
두 발뒤꿈치를 양쪽 어깨에 걸고
간곡하게 기도를 하듯 손바닥으로 불안을 맞잡아야지
'눈꺼풀로 생각이 많은 눈동자를 자르고'*
자 이제 영혼이 배부른 식사를 시작하지


* 함민복 시집 『눈물을 자르는 눈꺼풀처럼』 인용.

# 엘 콘도르 파사

**주영국**


서울 큰 병원에서 아픈 울대를 잘라내고
강을 건너가던 잠에서 풀려나
혼자서 버스 타고 내려오는 정안휴게소
페루의 사내들이 죽은 산양의 발톱을 흔들며
날아가는 콘도르를 부르고 있다

콘도르여 콘도르여, 나를
안데스의 고향으로 데려가 주오
사랑하는 사람이여, 나를
쿠스코의 광장에서 기다려주오

마추픽추의 골짜기에서 온
죽은 산양의 발톱을 대신 흔들어주며
엘 콘도르 파사, 엘 콘도르 파사
잠긴 울대로 어디로든 따라가고 싶어
날아간 콘도르를 함께 부르는데,

타관에서 쓸쓸한 마음을 들킨 것처럼
울대 성한 사내들의 목이 잠긴다.

# 첫,

**주영헌**


흐르는 것의 속성은 흐르고 흘러 다시 제자리로 되돌아온다는 것

첫아이를 잃었을 때 십 년만 견디자 생각했다.
앞서 떠나보낸 사람들처럼
누군가를 가슴에서 지우는 일은 딱 십 년이면 충분하지 않을까 하는
생각

당신은, 사랑이 그리 쉽게 떠나갔는가?

지금껏 살아온 생生을 되돌아볼 때
기억의 아픔은
흐릿해지는 것이 아니라
가슴속에 음각陰刻되는 것이었다.

추억은 옅어지고
고통은 가슴속에 낙인으로 남는다.
웃음 질 만한 앞뒤의 이야기는 모두 사라지고
통증만 남아
가슴을 찌른다.

봄에 태어나 가을로 떠난 첫사랑

슬픔은 흐르고 흘러 몸으로 다시 파고든다.

# 나비효과는 없다

진란

오늘 난, 나비와 접신을 하고 광장으로 간다
구겨진 춤과 음표를 끌고 광장으로 간다
꽃도 풀도 나무도 죽어버린 곳에서 너훌너훌 나비는
완고한 차벽이 겹겹이 쌓인 틈과 사이를 흘러서 간다
푸른 낙타의 발자국
붉은 달의 발자국
은빛 사막여우의 발자국
노란 나비 떼의 발자국
지구별 여행자의 땀에 밴 배후가 지워지기 전에
때늦은 꽃샘이 심술을 부리기 전에
까닭 없는 오아시스, 너희의 신기루가 아니길 빈다
환한 햇살의 금가루로 날리는 사월의 소풍과 가라앉은 세월
냉랭한 물대포에 날아가는 맨발의 어미들
문 열라고 문을 열라고 제발 문을 열고 이야기 좀 하자고
등 푸른 목어가 되어 제 속 두드리는 아비들
금요일엔 돌아오겠습니다 그런 금요일이 수백 번
기억하겠습니다 그런 날이 삼백육십오 일
그네의 차도르에 앉은 가벼운 비명들이다
광장의 모서리에서 아무라도 끌어안고 싶은 실오라기이다
그 대오에 캡사이신이 뿌려진다
노랑나비 떼들의 함성과 희어진 날갯짓이 벽 안에서 절명한다
그만큼의 거리에서 나는 나비 그래 방관자
그냥 본다, 밝은 눈물의 소금 기둥을

# 언제나 들꽃처럼

**진준섭**


왜, 없었겠습니까

답답한 마음
때로는 마음껏 울고 싶었겠지요

그러나 슬픔마저 삼키며
가족을 위해
속으로 울었을 뿐
스스로 눈물 보일 수 없었던
당신은 그래서
늘 고독한 사람이었습니다

하지만
아픔 삭인 세월만큼
고여 흐르는 사랑의 강물에
온 가족 희망의 배를
더 띄워주기 위해

오늘도 당신은
낮은 곳에서
환하게 웃고만 있었습니다
들꽃처럼

# 감나무의 그리움

**차옥혜**


새싹 내밀며 기다렸다

꽃 피우며 꽃잎 흩날리며 기다렸다

잎새 반짝이며 기다렸다

열매 맺어 붉도록 기다렸다

기다려도 기다려도 그리움은 오지 않아
단풍잎 바람길로 그리움 찾아 떠돌다
가랑잎 땅길로 그리움 찾아 헤매다
바스라지고 으깨졌다

피눈물 뚝뚝 떨어졌다

잊자 잊자 마음 다잡아도
끝내 못 잊어
빈 가지 가득 눈꽃 피워놓고
기다린다

# 거절 못 함에 대하여

**채상근**


늦은 밤 자려고 이불 펴는데
술자리로 나오라는 전화 거절하면
밤새도록 술 퍼먹는 꿈을 꾼다
새벽 세 시쯤 술 취해 횡설수설하는
친구 전화 무시해버리면
밤을 꼬박 새버리기 일쑤다


술에 취하면 그리움이 커지고
그리움이 한 잔 더해지면
그리운 이의 목소리가
술안주가 되는 거겠지


주섬주섬 차려입고 나가는
등 뒤에 대고
아내가 중얼거린다


거절당하는 것보다
거절 못 하는 지금이 그래도 낫겠지

# 예언의 집

## 채상우


　예언의 집은 강서구청 오른편에 있다 자네 왔는가 민속주점과 함께 있다 건너편엔 이디야 커피 전문점이 있다 그곳에서 시작되었다 느닷없이 누구도 뜻한 바 없으나 태초에 그랬듯 이미 예언은 시작되었다 환한 대낮에 은행잎이 노오랗게 물들어 가던 시월 초닷새 이른 오후에

　어떤 사람은 깜짝 놀란다 어떤 사람은 흠칫 놀란다 경탄하는 사람 탄식하는 사람 비명을 지르는 사람 어떤 사람은 침을 뱉는다 감히 똑바로 쳐다보지는 못하고 고개를 옆으로 틀어 침을 뱉는다 어떤 사람은 쭈뼛거리다가 뒤로 물러선다 발을 헛디디는 사람 두 팔을 내젓는 사람 두 눈을 가리는 사람 두 눈을 부릅뜨는 사람 곁눈질하는 사람 어떤 사람은 옆의 사람에게 굳이 알리고야 만다 애써 외면하는 사람 쯧쯧 혀를 차는 사람 자기 입을 틀어막는 사람 두 손을 가지런히 모으는 사람 부들부들 떠는 사람 입술을 달싹이는 사람 털썩 무릎을 꿇는 사람 가던 길을 되돌아와 다시 그 앞에 문득 서는 사람 그러나 금방 가던 길을 가버리는 사람 전혀 관심이 없는 사람 결코 알아채지 못하고 지나치는 사람 고개를 가로저으며 부정하고 부정하고 부정하는 사람

　그들 앞에 어치 하나가 있다

　죽은 어치 하나가 덩그라니 놓여 있다

　비로소 죽음이 사라진 뼈와 살과 털과 굳은 피가 있다

시작된 예언은 멈추질 않는다

죽음을 한 자루씩 꼬옥 부둥켜안고 있는 우리 앞에

# 할머니 사랑예보

**채정미**


매일 아침 울리는
할머니 일기예보

야야
비 온대이 우산 꼭 챙겨래이
바람도 분다 카이 옷도 단디 입고

할머닌 부산 우리는 서울
그래서 맞는 날보다 틀린 날이 더 많지만

할머니 일기예보
알고도 모르는 척
비 안 와도 오는 척

매일매일 기다려지는
할머니 사랑이죠

# 큐빅 시대

**채지원**


빨강 스탠드에 어린, 끈적한 개펄 밤마다 부비부비 꿀벌을 쫓아요 우리
침실 위의 파아란 불꽃, 당신의 다리 위를 타고 흐르는
애수의 使者, 러시안 여성들은 꽃처럼 달디단 우수로, 간지러운 냄새
만 빙빙 도는
시바 여신의 위용을 바라봐
흠뻑 젖은 눈길로
망사 스타킹에 어린 비애, 꾸물대는 스킨십은 싫어, 엉덩이가 후끈하
도록 실컷 웃어봐
가물은 계곡에 단비처럼 그윽한 촛불이여
사내들은 모두들 똑같아, 미팅 뒷날 퍼져오는 담소들 전화기 너머 음
흉한 눈빛들
돌싱들은 무서워~워라 사뭇 달겨드는 와이셔츠의 비련이란 뭔가, 쿨
하지 않아


낭만의 카바레 아저씨와 언니들의 무대는 휘황해


영등포 뒷골목 창녀촌에서 쫓겨난 비정규직들만 드글한 발정 난 골목
들, 형광색
불빛들 사이로 난무하는 소낙비의 순수를 마셔봐 그런 달콤한 꿈을 키
워봐


하얀 미소 속에 감춰진 구정물의 역류를 위하여

# 마음이 깨어진다는 말

**천양희**


남편의 실직으로 고개 숙인 그녀에게
엄마, 고뇌하는 거야?
다섯 살짜리 딸아이가 느닷없이 묻는다
고뇌라는 말에 놀란 그녀가
고뇌가 뭔데? 되물었더니
마음이 깨어지는 거야, 한다

# 허공으로 가위질했다

**최기종**


저 혼자 볼썽사납게 튀어나온 나뭇가지
꽃도 없이 옆으로만 뻗어 나가는 나뭇가지
작심하고 전지가위 들었는데
허공으로 가위질하고 말았다.

밤새워 글을 쓰면서
가위질했다. 델 키를 눌러댔다.
유기체의 완성을 위해서
버려야 할 것들 많았다.
무수한 손들이 잘려 나가고
인쇄지에서 피비린내 풍겼다.

글의 행간을 읽어나가다 보면
나뭇가지마다 핏물이 떨어졌다.
주제에서 벗어났다고
실제 의미가 불거졌다고
잘려 나간 문장, 어휘들이
상처처럼 글씨를 흐리게 했다.

구조조정 시피유CPU는
식구食口들을 줄여야 한다고
유연한 노동 속으로 사냥개를 풀었다.

벼랑 끝에서 나뭇가지들이
전기 톱날을 거부하고 있었다.
생존의 목줄을 끝까지 부여잡고 있었다.

저 혼자 볼썽사납게 튀어나온 나뭇가지
꽃도 없이 옆으로만 뻗어 나가는 나뭇가지
작심하고 전지가위 들었는데
관상수가 되는 것을 거부하는
나뭇가지들의 치열함이여.
허공으로 가위질하고 말았다.

# 바다 편지

**최동문**


내일은 바다 안개처럼 너를 따라가리.
모레는 언 북극의 바다처럼 떠다니리.
갈매기는 가고 수평선은 구름을 토하네.


나는 높은 파랑에서 해안으로
항구에서 남극으로 밀려간다네.
바다는 거대한 합주. 울울하네.


우리는 돌고래의 주파수를 읽고 비비네.
바다는 우리를 만나러 매일 다시 오네.
계절이 지나며 햇빛에 바다는 환해졌네.


바다는 혹등고래를 보이며 손을 흔드네.
울면서 웃으면서 출렁거렸네.
해면은 어머니였네. 입을 다물고, 따스했네.

# 안식일

**최세운**

손목을 긋는 들녘이란다 손가락을 펴면서 나는 자라난단다 꽃다발은 안 돼 같은 옷만 입는 어머니와 그렇지 않은 레몬과 왜 그래야 하냐고 묻는 회화나무와 뒤를 돌아보면 안 돼 성읍이 잠긴다 뒤를 돌아보면 소금이 되는 이상한 노래 이상한 촛대 이상한 타일 속에서 아이들이 온종일 걷다 뒤를 돌아보면 안 돼 지금은 손목을 긋는 들녘이란다 손가락을 펴면서 나는 자라난단다 믿음으로 불타는 서랍을 찾아 불타는 서랍에서 달아나는 마을을 찾아 달아나는 마을에서 침을 뱉은 성자를 찾아 욕조 속에서 지금은 손목을 긋는 들녘이란다 빵과 비둘기가 없는 강가에서 모든 귀가 젖을 때 뒤를 돌아본다 외벽에서 어머니가 운다 어머니의 울음은 회칠한 무덤이 되고 손가락을 펴면서 나는 자라난단다 더 뭉개지는 레몬과 왜 그래야 하냐고 묻는 회화나무와 뒤를 돌아보면 안 돼 지금은 달걀을 쥐고 흘러내리는 어머니란다 창문 밖에서 가라앉는 방주를 믿어 죽음 앞에서 갈라지는 입술을 믿어 머리가 타는 기분으로 십자가를 부르고 지금은 손목을 긋는 들녘이란다 손가락을 펴면서 나는 자라난단다 백련은 실눈으로 온다 창백한 어머니는 경련하는 다리로 온다 벽에 걸린 거울 앞에서 둘레를 돌면서 박수를 치면서 꽃다발은 안 돼 뒤를 돌아보면 안 돼 문을 잠그고 손가락을 쥐면서 낙원은 손목을 긋는 어머니란다

# 낙법

**최승익**


오랜만에 만나 술이라도 한잔 마실 수 있다는 말
그나마 건강하게 살아 숨 쉬는 게 아닐까 하던 말
언제부턴가 서로가 뱉은 말에 씨가 생기더니
손에서 발끝으로 베인 상처로 뼈로 온몸으로 퍼져가기 시작한다
신체의 일부가 기억하고 있는 무언의 동작들이
한동안 후줄근 간에 스며든 독기를 품고 살던 씨앗들이
면역력 흩어진 거스러미처럼 살점들에 피부에 전이된다
뇌의 일부가 함몰되고 있었으며
기억의 앞부분이 허우적 바람을 맞고
재생이 되지 않는 뇌세포는 쪼그라들고 말았다
이미 정해진 길을 걸으며 틈을 주었거나 곁을 놓거나
길 위에 낯익은 사람 앞서 간 사람들이 사라지기 시작했다
정형률이란 틀에 찌들었던 독소들이 항목마다 되살아나면서
어찌 숲의 나무 전체를 읽었다 하겠는가
정해져 있는 일정의 속도를 유지하지 못하더라도
달릴 수 있을 때 달려야 한다
떨어질 때 호흡을 제대로 가다듬어야
피를 흘리지 않을 수 있다
넘어질 때 손을 충분히 써야
힘에 겨운 지팡이를 사용하지 않을 수도 있다
힘겹게 다시 걸음을 뗄 수도 있다
다시 털자

# 붉다

**최승철**


원자의 빈 공간을
압축하면
소금 알갱이
0.1g이 된다.

인간의 영혼 무게는
0.1g이다

60억 인구의
원자량은
사과 한 개 정도이다

# 춘야삼경 春夜三更

**최연식**


밤안개 산 숲에 내려앉아
아카시아 향내에 취하는 밤

무논에 개구리 알콩달콩
부둥켜안고 신음하는 밤

소쩍새 내~짝 내~짝
목 놓아 부르는 밤

너와 나 소곤소곤 꼭 잡은 손
달님도 구름 속에 숨어주는 밤

# 그리고 기적은 왔다

**최영철**

단 하나의 기적도 일어나지 않았다는 게 기적이었다 만인이 우러러보
는 사이 기적은 조금의 눈치도 보지 않고 담담하게 걸어 나갔다는 게 기
적이었다 이러고도 통곡할 임종이 있고 축포가 터지고 우아한 탄생이 있
다는 게 기적이었다 이런 판국에도 기적은 새판을 거듭하고 줄지어 배
팅을 하고 판돈은 산더미처럼 쌓여갔다는 게 기적이었다 지푸라기라도
거머쥐고 행복하게 죽어간다는 게 기적이었다 얼굴도 모르는 기적들이
승승장구 하늘을 찌르고 흥청망청 지천을 뒹굴고 있다는 게 기적이었다
아무 데나 엎어져 콧노래를 부르고 있다는 게 기적이었다 알고 보면 모
든 게 기적을 울리며 달려간 기적 때문이었다 무섭도록 씩씩하게 기적
을 울리며 가놓고 여태 아무 소식이 없는 기적 때문이었다 기적처럼 살
지 못해 죽지 못해 사는 사람이 기적처럼 줄을 서서 기다리고 있다는 게
기적이었다 그렇게 빗발치던 기적을 한 번 더 안 내려준다는 게 기적이
었다 기적을 싣고 달려가 기적을 몽땅 어디 파묻어 버리고 온 걸 아무도
눈치채지 못한다는 게 기적이었다 그사이 더 이상 갈 데가 없어진 기적
들이 유령처럼 떠돌고 있다는 게 기적이었다 발길에 차이는 이게 온통
기적이라는 걸 모르고 있다는 게 기적이었다

# 이후

**최지인**


나는 너에게 불가능한 것을 아무렇지도 않게 얘기했다

이 버스의 도착지에서 네가 나를 기다릴 것만 같다

나는 자주 경련하는 사지를 주물렀다

너에겐 책임이 없다

색색의 마카롱이 상자 안에서 숨죽였다

너와 나는 하루씩 번갈아 가며 벽 쪽에 누워서 잤다

이곳의 유일한 기쁨은 벽을 마주하는 것

우리는 기쁨을 나누기로 동의했다

네 머리가 내 옆에 놓였다

네가 돌아오지 않았다

이처럼 잠잠한 시절은 다신 없을 거라고 예감했다

# 12월

**최형심**

텃밭을 빌려 고요한 곤충들과 놀았다. 눈꽃나무 아래는 조그마한 태양이 있다. 까치밥 아래를 떠날 수 없는 사람들, 밤새 구름을 개어두었던 불온한 의자에 앉아 꿈을 꾼다.

그즈음엔 모이면 가무가 아닌 시위가 되었다. 치명적인 가설을 가진 이면지에 서투른 이력을 적다 말고 백발에 면사포를 두른 여인이 휴일의 우편함을 넘겨다본다.

변두리 마을에는 소진한 노랫말과 사방이 투명한 세밑이 살고 있다. 우리를 지나친 익명에 대하여 생각할 때면 기억 속에 고이는 꽃들, 오해한 발자국을 불쑥 내미는 거다. 투명한 색맹이 아닌 동맹으로 무장한 산 아래, 저만치 입김을 불고 있는 저녁. 오늘이 지나면 연식이 바뀔 구호들. 은행나무 아래로 내온 세간들 위로 달무리가 진다.

철제 계단 아래 그들은 아직 귀가하지 않았다. 나이테를 엿듣던 뭇 시인들에게 손바닥을 내민다. 날마다 폭설이 내리는 눈꽃 서식지에 앉아 훌훌 뜨거운 국물을 넘긴다. 새들은 계절에 복무하는 날개들을 펼치고 그런 밤에는 가난한 자의 아내는 더 가난하다.

주인 없는 잠들이 가끔 창밖으로 버려진다. 새해가 오면 그의 주먹과 구호는 낡을 것이다. 정화조에 가득 찬 어둠은 정화된 적이 없다.

# 죽은 시인의 마을

– 백석 시인을 기리며

**최형태**


한 쭈그렁탱이 영감이 있었습니다
평범한 인민 가옥에서 허름한 행색으로
옥수수 알갱이를 까고 있던 그는
나중에 안 일이지만
천하의 백석 시인이었습니다


아름다운 나타샤를 사랑해서
오늘 밤은 푹푹 눈이 나린다고 절창을 남긴,
홀로 흰 바람벽을 마주하고 앉아
나는 이 세상에서 가난하고 외롭고 높고 쓸쓸하게
살아가도록 태어났노라 뇌까렸던
이 땅의 시재 중의 시재로 꼽히던
바로 그 사람이었습니다
그날은 반동 시인으로 낙인찍혔던 D 선생이 탈북하기 전 선배 문인
들과
반도의 꼭대기 땅, 양강도 삼수군 관평리 마을을 지나던
햇빛 쨍쨍 내리쬐던 어느 날이었다 합니다


그이가 원래 알았던 세상은 모래알 하나에도
온 우주가 들어 있는 세상이었을 테지요
그가 언제나 마음 설렜던 세상은 바로 자신이 쓴 대로
산뽕닢에 빗방울이 치고 멧비둘기 날던

한량없이 천진난만한 날것들의 세상이었지요

그러니 짐작이나 했겠습니까?
멸사봉공의 혁명 구호들이
드높이 나부끼는 하늘 아래서는,
영명하신 장군님 교시만을
가장 앞자리에 세워야 하는 세상에서는
이제 더 이상 그가 나타샤를 사랑하는 일로
푹푹 눈이 나리는 일은 없으리라는 것을

그리하여 그는,
이제 살날도 많지 않은데 시는 좀 쓰시느냐는 물음에
이렇게 대답했다지요
선생들이 많이 쓰시오, 난 이제
종이에 쓰기보다 조국의 대지에 내 양심을
낫과 호미로 썼다오라고

이것이 죽은 시인의 마을에 사는 동안
그가 개척하게 된 마지막 시법이었을까요

고향인 북녘 땅에 뼈를 묻는 대가로
그는 얼마나 많은 남모를 시를

흰 바람벽에 쓰고 살았던 것일까요
그는 또 얼마나 많은 목숨 같은 시집들을
흰 바람벽 가슴에 묻었을까요

* 윌리엄 블레이크의 「순수의 전조」, 백석의 「나와 나타샤와 흰 당나귀」 「흰 바람벽이 있
  어」 「산비」 등의 시에서 다수의 시행들을 차용함.

# 4시 16분

―모래내 별빛 열둘

**표광소**

새벽 4시 16분에 자명종
이 울린다 자명종을 끄고 손가락이 가만히
있지 않는다 발가락이 가만
있지 않는다

밤새 안녕한 팔을 가만히
들어보고 밤새 안녕한 종아리를 가만가만
들어도 보고 머리 어깨 무릎 발을 둥글둥글

움직인다 가만히 일어서며
움직인다 얼굴 씻느라
움직인다 이빨 닦느라
움직인다 옷 입으며
움직인다 신발 신으며

움직인다 금성과 목성이 가만가만
움직인 하늘을 바라보느라 가만
있지 않고

움직인다 어둔 골목을 지나가는 발이

오후 4시 16분에 자명종이 울린다 자명종을

가만히 끄는, 골목 앞 바다가
가만히 있지 않는다

# 호상 好喪 이라는 슬픔

**표문순**


구십을 넘기면서 면목을 세워준 건

하나씩 무언가를 잊어가는 병증이다

한 백 년 맨정신으로 얹혀 가긴 욕만 같아

취한 듯 불구의 시간 여기저기 흘린다

사라진 기억만큼 저지레도 많아져서

수시로 낯선 길들을 고향인 양 걸었다

백발의 아들 앞에 호사가 길었는지

부음 듣고 달려오는 이웃들이 웃는 밤

휘어진 달그림자도 슬쩍 담을 넘는다

# 평밭마을

표성배

화악산에서 마천루의 하늘을 보았다
끝 간 데 없는 꼬리를 끌고 하늘 한가운데서 울부짖는
한 마리 이무기를 보았다
하늘로 오르지 못해 타락한 이무기의 광적인
울음소리를 들었다
높은 기상과 푸른 정기를 빼앗긴 화악산을 보았다
수수 백 년 둥지를 튼 바람의 안식처
사람 이전의 산과 물이
사람 이전의 바람과 흙과 돌과 나무들이
자연이라는 문패를 어디에도 내걸지 않았으나
사람 이후의 자연은 자연이 아님을 똑똑히 보았다
공존이라는 말이 자연이 스스로 만든 말인 줄 알았으나
사람이 만든 면피용免避用이라는 것을
밀양 화악산 평밭마을 앞에 서보고서야 알았다
누구는 인간의 위대함을 과학에서 찾고
누구는 과학의 병폐에서 어리석음을 찾기도 하지만
나는 도대체 어디에 서 있는가 하늘과 땅과
그 사이에 나의 나는 없다
아침이 신선한 바람과 스미는 햇살과
모이를 찾는 새의 날갯짓에서 오는 이유를
더는 캐물을 수 없게 되었다
화악산에 올라 129번 송전탑 앞에서

그 위용의 무시무시함 앞에서
도모도 없이 내일도 없이
오직 보고 들리는 그 행위의 순리도 없이
이 하루를 나는 온전히 숨 쉬지 못한다
나는 나약하여 할 수 있는 게 없었다는
고백조차 할 수 없다
이제 평밭마을은
이전의 마을을 영영 기억하지 못할지 모른다

# 겨울

**피재현**

물이 잠든 시간

겨우겨우 달래서

물을 재운 시간

우리 모두

얼음!

# 인사동 포구

**하명환**


땅거미 몰려오는 저녁 약속 시간
물너울 위로 치렁거리는 어둠을 낚는 사람들이
네온사인 집어등으로 환하게 불빛을 매단다
파도가 밀려오듯 인파가 밀려오는 인사동
그 미로의 바다에서 나는 일엽편주이다

1호선 지하철 포구는 늘 만선이다
깊은 수심을 벗어난 한 무리의 사람들이
인사동으로 가는 물결 속으로 흘러든다
내 뱃전에 찰싹이는 사람들
이름도 국적도 모르는 어종魚種들 스쳐 가듯 지나고
만물 상가 눈요깃감들 미끼를 내다 걸었다
도처마다 속살대는 마파람 소리, 팔짱 낀 웃음소리
불거진 소리맵시들은 하이파이브에 더 신명이 났다

실시간 그렇게 포구는 붐비고 떠나가고
삶의 물결에 편승한 나는
일등항해사처럼 점검하고픈 다이모니온의 소리로
뱃머리를 울린다

세상은 러시아워 뱃길 따라 **勞** 저어 가야 할 만경창파
배 멀미 심한 세파에도 일상의 돛을 올려라

삿대 없는 삿대질
암초 같은 시련을 딛고 오늘도 인사동은 저물어간다
풍파는 마음 저편에 실린 한 권의 추억
다시 읽어보고 싶은,

하아이 굿모닝!
등 뒤로 벌써 내일이 우뚝 서 있다

# 난 너에게

**하승무**


난 너에게
갠지스 강의 저녁노을처럼
어찌할 수 없는 숙명이 되어
그리움으로 남아 있고 싶지 않다

가을 햇살 튕기며
고개 떨친 낙엽처럼
추억의 그림자도 되고 싶지 않아
네 작은 가슴이 숨 쉬는
쉬지 않는 호흡이고 싶다

난 너에게
비극의 오페라 주인공처럼
어찌할 수 없는 이별에 몸부림치며
슬퍼하고 싶지 않다

알 수 없는 슬픔과
거세된 지난 계절을
쉼 없이 감싸는
하나인 우리가 되고 싶다

가냘픈 너를 꼭 껴안고

네 발자국이 아닌
두 발자국으로
영원을 걷고 싶다

생명 샘에 고이 담긴
솔로몬의 애가를 함께 부르고 싶다
언제나 영원을 함께하는
현재이고 싶다

# 도라지꽃

**하종오**


여기에서 밭에 활짝 핀 도라지꽃을 보면
저기에서 벌어지는 사태를
나는 상상하게 된다
여자가 고운 얼굴로 소리치고 있을 것이다
그 소리가 보랏빛으로 보이기 시작할 땐
여자가 누군가를 간절히 부르고 있으려니 싶어
대답해야 할 기분이 들고
그 소리가 흰빛으로 보이기 시작할 땐
여자가 누군가를 막무가내 쫓아내고 있으려니 싶어
말려야 할 기분이 든다

저기에서 밭에 활짝 핀 도라지꽃을 보면
여기에서 벌어지는 사태를
여자가 상상하게 되리라
나는 어리벙벙한 얼굴로 가만있을 것이다
보랏빛으로 전해지는 깊은 침묵을 본 여자가
나의 속내를 궁금해할 때
나는 입을 다물고 있을 테고
흰빛으로 펼쳐지는 가없는 고요를 본 여자가
나의 본색을 확인하고 싶어 할 때
나는 사지를 움직이지 않고 있을 테다

상상하지 않고 누구든 밭고랑을 걸으면
꽃들이 파르르 시들고 말 것으로 보이는 도라지밭

# 남겨놓은 대추

**한상순**


추석에 따 온
대추

덜 익어 안 먹고
남겨놓은 대추

한 밤
두 밤
세 밤

해님이
언제 다녀간 걸까?

발갛게 익었다
참
달다

# 푸른숲 우체국장

한성희

산벚나무의 그림자를 모아 편지를 썼다 흘림체의 그늘에 말린 첫인사
는 푸른색이었다 흔들리는 숲의 잎맥으로 바람의 안부를 물었다 봄바람
은 꽃을 들고 학생부군청주한씨영준지묘學生父君淸州韓氏英俊之墓를 기웃거
리며 서찰書札의 서두를 생각 중이었다 문맥의 파동에 떠밀려 꽃잎들이
순하게 하늘로 풀렸다

평생 나무 그림자로 가계를 키워낸 아버지 스물세 살 맨주먹을 나무뿌
리 밑에 숨기고 산맥을 오르내렸다 잎사귀를 뜯어내며 나뭇가지를 분지
르며 바람에 떠밀려 가는 민둥산을 따라다녔다 삼림청 산림계 말단 직
원으로 박봉의 자리마다 푸른 그늘이 채워졌다 그때마다 나무들은 허공
에다 아버지의 편지를 썼다

넓은 잎사귀의 사연들이 도봉산 발치 아래로 모여들었다 고향집 목련
나무가 봄의 겉봉을 뜯기 시작하면 새들의 노랫소리 낮아졌다 성황당 기
억 너머 무위無爲의 땅 그린벨트에 낮게 엎드린 당신의 안부를 만났다 골
필骨筆로 써 내려간 문장들이 흘림체로 날렸다

봄날 우편함을 열면 숲에서 보낸 싱싱한 잎맥의 글씨체가 가득했다 푸
른숲 공무원으로 아버지는 죽어서도 푸른숲 우체국장이 되었다 발신자
없이 배달되는 봄 편지에서 꽃잎 우표를 붙였다가 떼어낸 산벚나무가 올
해는 꽃편지를 풍경 밖으로 서둘러 밀어내고 있었다

# 굴뚝새

**한영수**


우리가 동의하는 높이
굴뚝 위에 새는 있다

아니오
아니오
최소한으로 운다

눈을 깜박이지 않는다
꼬리를 실룩일 뿐
빨갛고 가늘다
단독자의 맨발이다

벌써 굴뚝의 일부가 되어 있는 새
왜 정확하게 새가 아닌가

날개는 대립하고
날개는 찢기고
굴뚝은 계속된다

새 이야기를 이야기하다가
불뚝, 추운 높이
갇혔다

굴뚝 쪽으로 더 가버린 새

아니오
아니오
굴뚝을 돈다
굴뚝이 돈다

# 신화마을*

## 한영채


고래가 가파르게 날숨을 뿜는다
신화로부터 멀리 와버린
여기,
어디쯤인가
관절마다 뙤약볕이 욱신거린다
화첩처럼 펼쳐진 골목 고래들 벽면을 오른다
등대 같은 벽화 해바라기 바람이 불어도 미동이 없다
어제 오늘의 경계가 없는 지금
혹등고래가 헤엄을 치는지
신화 속으로 골목이 파도처럼 일어난다
등뼈 굵은 황소 지나고
창문 아래 나팔꽃도 핏빛으로 피어나고
늙은 아버지 고래를 기다리다
뱃고동 소리로 돌아올 때, 마을은 또 다른 신화가 된다
맑은 눈빛이 내려다보는
창문에 턱을 괸 누렁이 졸고 있는 사이
벽화에서 아이들 소리가 들릴 때
들숨을 뿜은 나도 벽화가 된다
평화구판장엔 막걸리 사발이 오고 가고
관절 식힐 먹구름이 신화의 언덕을 오르는
난 고래 타고 산마을 내려간다

* 장생포 신화리 벽화마을.

# 술과 음식이 있는 24시 클럽 볼링장

**한우진**


찬물에 확!
담근 좆처럼 쪼그라든
창신동 골목

술이 새어 나오는
새벽까지
국밥집

박수근 그림에서나
얼릉
포대기 질끈 동여맨 여자

연방, 업힌 것 누이쯤 되는 애에게
숟가락을 받쳤다 거뒀다
연신, 자배기 속으로 눈은 떨어지다 말다

꾸역꾸역 기어 나오는 연통의 입김
간판 머리채를 쥐었다 놓았다
유리창은 죽일 년 살릴 년

얼음판에 구르는 몇 개의
돌
칭얼거리는 돌

# 가을에

함진원

감나무 아래 갔었네
괜히 작은 일에 속상하면 감나무 아래 앉아보았네
어떤 날 감당 못 할 일 생기면 감나무 아래 말없이 앉아 있곤 했네
푸른 이파리로 출렁거리며 금 간 마음 위로해주었네
종이처럼 얇은 마음 너덜거릴 때도 지는 해 뒤로하고
감나무 아래 갔었네

어디선가 간간히 들리는 다듬이 소리 감나무 아래에서 들었네
유난히 가을이 오면 생각나는 사람 있어 가슴 쓰릴 때
감나무 아래 갔었네
이 생각 저 생각으로 쓴 물 넘어갈 때
스스로 십자가 된 한 남자 지나가고 있네
저무는 언덕 고비에 다다르면 조용히 내 십자가 내려놓고
붉은 감나무 아래 묻히고 싶네
너그럽게 보이는 한 남자 가고 있네
붉은 가을이 사박사박 따라가고 있네

# 연분홍 치마가 봄바람에

**허림**


산꾼 김 씨도
땅꾼 장 씨도
장마당 어귀 상남집 불판을 끼고 앉아 곰장어를 굽는다
흐린 하늘 탓에 먼 바다 해풍 맞은 소금기가 그리운 것이다
일찌감치 좌판 접고 대폿집에 앉아 내일 인제장을 부르는 것이다
속내의 정 여사는 할머이 빤스 석 장으로 마수걸이하고
신발 장사 변 씨는 장화와 농구화 두 켤레로 오전 장을 마치고
연장꾼 박 씨는 호미 낫 몇 자루 팔고
골목식당 국밥집에 앉아 속을 달랜다
흐린 하늘 같은 막걸리를 벌컥벌컥 들이킨다
간간히 면회 온 가족들이 산양처럼 기웃거린다
낯선 곳에서 낯설게 보이는 것들
바람에 비가 들이치고
안개는 백동수처럼 진동 먼 산막으로 든다
뒷골목 처남댁에서 곤달걀 먹는다
꺼림칙했던 처음은 어디 가고
이젠 아무렇지도 않게 없어 못 먹는다
종묘사 처마 밑에서 어론댁이 부쳐주는 메밀전병은 얼큰하다
주모에서 나앉은 상남댁은 맵니 짜니 구시렁대다가
아침가리 최 씨가 차고 온 돌배주 탓에
웃을 때마다 문내가 났다 연분홍 치마가
봄바람에 간드러지는 노랫가락이 자꾸만 새어 나왔다

# 시인 홍윤숙

**허종열**


좌우익이 격돌하던 해방 정국
혹독한 군사독재까지 겪어온 90 평생
민족의 수난과 아픔을 온몸으로 감당하며
엄청난 문학 업적 꾸준히 쌓아
시단에 우뚝 서서 유난히 돋보이던 시인

결벽이 있지만 의분과 열정에
가슴을 열고 살았는데
그 명성 그 인품에 걸맞지 않게
장례미사가 봉헌되는 성당 안이
어쩐지 썰렁하다
씁쓰레하며 스테인드글라스를 쳐다보니

인류 구원을 위해 생명을 바친
빨강색 그리스도가
우리 죄인을 위해 빌어주시는
파랑색 성모님이
구원의 은총과 천국의 빛을
금색으로 비추고 있다

홍 데레사에게
영원한 안식과 평화를 주소서

# 오직 적막

**허형만**


한 생애가 텅 빈 항아리 같다

폭풍처럼 몰아치던 파도도 고요해지고
창문에 반짝반짝 별빛을 매달고 달리던
야간열차의 기적 소리도 아스라이 잦아지고
나의 한 생애여, 이제는
오직 적막
한때는 부글부글 들끓음으로 가득 찼으나
한때는 한기 돋는 소소리바람에도 출렁거렸으나
나의 한 생애여,
이제는
오직 적막

# 지공대사가 되던 날

**호인수**

국가 공인 지공대사가 되던 날
주민센터 여직원에게 카드 받아 들고 맨 먼저
화장실에 가서 찬찬히 얼굴을 뜯어보았습니다
아직은 한참 괜찮은 것 같습니다
벌건 대낮 집에 돌아오는 길
누군가 자꾸만 등을 떠밀며
이젠 차비도 안 받으니
지하철 타고 광화문에 나가보라 했습니다

# 강물 위에 쓴 시

홍관희


드문드문 내려앉는 햇볕을 쪼개어 쬐며
풀잎 같은 걸음으로 하루에 하루를 산다

발걸음 옮긴 만큼 남은 길은 짧아지고
가버린 것들과 다가올 것들에 대한 경계쯤에서

나만 한 크기로 묵묵히 흐르고 있는 드들강을 찾아
강물 위에 풀꽃 같은 시를 쓴다

쉬이 보이지도 만져지지도 않지만
그냥 사라져버린 것이 아닌 나의 시

강물 위에 쓴 나의 시는 더 낮은 곳을 향해
흐르면서 비로소 시가 되어간다
만나야 할 것들을 천천히 속 깊이 사귀면서
조금씩 조금씩 시로 익어간다

풀잎 같은 걸음으로 하루에 하루를 살아
내가 조금씩 내가 되어간다.

# 흰 고무신

**황구하**


오래된 비탈 묵정밭 일궈 어머니는 고사리를 심었다

구부러진 몸 비탈을 향하여 수굿하게 기어올라야

허리가 아프지 않다는 것

평지가 오히려 비탈일 때 많다는 걸 잘 알고 있었다

비탈과 한 몸이 되어 비탈을 오르내리는 염소처럼

두 손도 발이 되어 고사리순 꺾을 때면

허공의 구름도 허리를 쭈욱 펴고 뒷산을 넘어가고 있었다

어머니 낡은 신, 비탈밭에서도 미끄러지지 않고

세상을 반듯하게 펴고 서 있었다

# 추수

황연진


허물기 전 가장 큰 집을 짓는다

가슴을 관통하고도 젖지 않는 나무로
대들보를 얹고

사라지는 것들의 모든 소리를 듣는다

부서지고 부서지고
타오르게
다시는 그림자 지지 않게

어둠이 엎질러지면 엎드려 입을 맞춘다

가지지 않고도 싱그러운 한순간

나뭇가지와 꽃과 곤충, 너울거리는 무거운 열매들

겹겹 화장에 가린 주름살이 노을에 밀려

목이 꺾이고,
어깨가 가장 무거워질 때 쏟아내는
단맛

잡았던 손들을 놓고 원무를 춘다

# 아직도 까뮈

## 황은주

    부음이 들렸을 때, 교수가 내준 과제는 옷핀으로 생닭을 만드는 것이었지요 목적은 느낌이었어요 펜치로 핀을 펴고 다시 구부려 생닭의 껍질을 만들었지요 돌기들을 떠올리다 무척 놀랐어요 질서 정연함의 극치라고 할까 하지만 극은 적막했지요 아, 핀은 생닭이 될 수 있었던 겁니다 살아 있는 듯 죽어 있는 자세 작품은 점차 완벽해갔어요 살의 문제가 남긴 했지만 다시 말해 부드러움의 문제였지만 혹은 부피의 문제 그것은 결국 뼈가 지탱할 때까지만이지요 핀을 만지며 수없이 손이 찔렸어요 비가 내리네요 바닥에 떨어진 벚꽃들이 현란해요 알 때 같아요 산란을 위해 하수구로 떠내려가는 죽은 살들 가장 부드러운 마지막, 주머니 속에서 담배를 꺼내다 핀 하나를 발견했어요 핀의 느낌요? 온순했어요 무죄예요 당신의 소설 속 아이스크림 장수가 무심히 나팔을 부는 것 나는 헌화하는 나의 우아한 몸짓에 골몰할 뿐입니다 극은 적막했지요

# 연인

### 황정숙


사과가 놓인 식탁에 거울이 빛을 흩트린다
거울은 사과의 표면에도 있어서
오른쪽이 왼쪽이고 왼쪽이 오른쪽이 된다
사과에서 뒤집어진 거울이
가끔 모였다가 흩어진다

사랑하는 당신과 나 사이에
찻잔이 끼어든다
스푼이 돌자 슬쩍슬쩍 속을 보이는 왼쪽
출렁이는 시럽이 오른쪽에 엉겨 붙는다
왼쪽 오른쪽이 없는 사랑이
한 모금씩 달콤한 맛으로 경계를 도려낸다
거울 두 개를 마주한 얼굴이 서로에게 갇혀 있다

마음과 마음이 마주할 때,
내 오른쪽은 볼 수 있고 네 왼쪽은 볼 수 없다
오른쪽과 왼쪽이 사과처럼 둥글어지는
거울과 거울이 맞닿아 있다

과도로 사과를 깎아버렸다
사과 표면에서 뒤집어진 거울은
남은 커피와 설탕의 끈적임과 함께 식탁에 흩어져 있다

거울과 거울이 서로를 찾고 있다
사과의 안과 밖에서
한 풍경으로 모이고 있다

# 민들레

**황학주**


백약이오름 암반 틈서리에
민들레 하나가 오르다 죽었다

실낱같은 페달을 밟아
바위에 뿌리가 박히는 종자는 참 대단한 등외품일 것이다

고독의 입체적인 망명이다
시야,

어딘가 천년이라는 나무를 모아둔 숲길이 있지
뻐꾸기가 구령을 붙여주는 그곳을 떠나
너는 민들레가 되었단다 바위에 떨어져

그리고 옳지 않은 시대를 만나 방금 죽었단다

시
조

# 월명기

**강현덕**


달빛을 받아들이겠다고
바다는 마음먹었다
은빛이든 금빛이든
죄다 풀어놓으라고
들물과 날물의 끝을
힘껏 당겨주었다

달빛을 받아들이겠다고
어부도 마음먹었다
저 깊은 물속 집
한 번쯤 다녀오라고
그물을 소리 나게 접으며
뒤돌아서 주었다

# 진보

**구중서**


문명의 진보가 가스로 뒤덮여
빙하가 녹아서 바다가 넘친다
지구의 끝 날이 올까 두려운 사람들

갑자기 번개에 천둥 치며 비가 온다
냇물이 불어나 밀물져 몰려간다
물길은 흐르는 동안 풀뿌리를 키우고

강물이 바다 되어 안개로 떠오르고
구름이 빗줄기로 땅 위에 다시 온다
자연에 지속 가능한 진보가 이미 있네

# 쉰이야

**권갑하**

저 홀로 깊어가는 것이 어디 산뿐이겠는가

오르는 길이 내려오는 길에게 손을 흔들듯

물소리 서운하지 않게 뚝 지는 가랑잎 하나

나의 황혼은 얼마나 많은 잎을 떨굴 것인지

갈수록 선명해지는 멈추지 않는 길 위에서

조금씩 가까워지는 먼 산 오래 바라보느니

떨어져 시린 마음 고이 보듬으라는 거겠지

곱씹을 시간이 있다는 그런 위안 풀어놓고

포근히 대지를 덮어주듯 그리 깊어지자구

# 수레바퀴 아래에서

**권영희**


구절초 흰 꽃잎이
외로 돌린 고개만큼

시간의 깃발들은
얼마나 흔들렸을까

우주의 수레를 미는
여린 잎의 기울기

# 일요일은 일주일을

**김남규**


승합차가 유난한 날
유난하게 손잡는 날

일주일을 보상받거나
일주일을 성스럽게

기도는
눈 감고 하는 것
일주일을
눈 감는 것


        *


기침 같은 사람들과
의자 밑 발이 닿으면

무저갱無低坑을 생각하며
발목에 힘을 준다

예언은
획 하나 모자라니
일주일로
메울 것

# 허물 벗다

김덕남

담장 밑 길게 누운 투명한 빈집 한 채
머리에서 꼬리까지 계절을 벗어놓고
내면을 응시하는가
눈빛이 서늘하다

껍질을 벗는다면 오욕도 벗어날까
숨 가쁜 오르막도 헛짚는 내리막도
날마다 똬리를 틀며 사족에 매달리던

별자리 사모하여 배밀이로 넘본 세상
분 냄새 짙게 피운 깜깜한 거울 앞에
난태생 부활을 꿈꾼다
어둠을 벗는다

# 지하의 시간

**김보람**

허리를 접었다 무릎을 구부렸다
두 눈을 감았다 입술을 다물었다
싸움은 시작되었다 그때 나는 알았다
골목을 따라가며 끊임없이 걸었다
허공에 매달린 천을 조금씩 풀어냈다
여전히 계단은 높고 눈은 펄펄 내렸다
대디, 대디 눈이 펑펑 내린다
아이가 달려오며 노래를 불렀다
커다란 풍경을 두고 나는 바깥이 되었다
오늘을 찢고 내일을 찢고
꿈이 아니야 속삭였다
발자국이 따라와 자꾸만 울었다
괜찮다 통째 흔들려도 고요한 걸음걸이

# 시각장애인의 말

**김복근**


"사과는 붉고 하늘은 푸른 줄 안다"
가려진 영상 속에 걸음이 무거워도
하현달 항로를 찾아 흐린 길 더듬는다

연노랑 점자블록
끊어졌다
이어졌다
허방 짚은 지팡이 파르르 흔들리고
다시는 만지지 못할 손 한번 잡고 싶다

붉어진 눈자위는 미간을 조이면서
부대껴 지친 몸 게운 숨 몰아쉬며
옹이 진 내 삶의 불빛 밀치듯 당겨놓다

# 피울음
−전용철 열사의 추모제에 드립니다

**김봉균**

천년의 고임에도 흔들리는 선농先農의 길
아쉬움 다시 잡아 큰 뜻을 또 세워도
몸 바쳐 세우신 길에 타는 속만 따라간다.

아직도 남아 있는 긴 새벽 달그림자에
마지막 기운 차린 푸른 벼 잎새들은
끈끈한 어깨동무로 새날을 아우른다

피울음도 뭉개버린 귀태鬼胎의 절벽 앞에서
온몸으로 막아선 거센 물 폭탄 속에도
다시는 놓지 않으리 생명의 춤판이어라

신원伸寃의 아픈 오열이 하늘가에 쌓이고
길 잃은 바람 몰려와 무거운 이야기 풀어놓으면
따뜻한 하늘 강가에선 농부의 설움 씻는다

# 내력벽을 넘어서

**김삼환**


불두화 놓여 있는 무망한 저 제단에

아이들은 삼삼오오 꽃으로 나앉아서

이제야 화향 한 모금 눈빛으로 흠하다


일기장 글씨체로 새들은 날아가고

흘려 쓴 약속인 듯 먹빛조차 풀리는 밤

사진 속 얼굴 하나가 문을 밀고 나오는


아프고도 무겁게 수직으로 내리꽂는

쓰디쓴 몇 마디 말 그 상처 벽을 넘어

굳건한 지상의 연을 흔적 안에 담는다

# 시간의 바깥

**김선희**


여기를 놔두고
가고자 한 그 어느 곳

한 생을 닦아놓은
백자 항아리에

술 몇 잔
뿌리고 가는
환승이다 거기로

# 바다의 혓바닥

김연미

올봄에 또 무엇 억울함이 있었나
직선으로 부딪치는 막무가내 저 빗방울
며칠째 비 오는 바다 심장을 두드린다

잠 덜 깬 표정을 전면에 깔아놓고
검은 바위 그 배후에 혓바닥 숨긴 바다
귀 막고 눈도 감은 채 입을 열지 않는다

가난한 이름들은 흔적조차 남길 수 없나
저 많은 눈물을 먹고 비대해진 4월 바다
입술도 닦지 않은 채 시치미를 뚝 뗀다.

# 엽서 한 장

김영란


붉은 소인 마포형무소 아버지 엽서 한 장
낭설처럼
생트집처럼
인생에 끼어들어
와르르 허물고 가는
천추의 저 낙인

반백 년 흘렀어도 풀지 못한 한이 있어
뿔뿔이 흩어진 가족 그 안부를 다시 물으며
명 긴 게 벌이라시던 어머니 생각합니다


인생은 낙장불입
못 바꾸는 패 하나
빈속에 깡소주
독거노인 냉방에서
아버지 서러운 생애를
그리움으로 마십니다

# 나무들이 사는 법

**김영재**

나무가 자라면서 사이가 좁아지면

나무들은 하늘 향해 키를 조금 높인다

이웃을 밀치지 않고 사는 법을 익힌 것이다

# 만종

**김영주**


한적한 시골 시장 오래된 묵밥집에
백발의 할매 할배 나란히 앉아 있다
둥그런 엉덩이의자에
메뉴도 한 가지뿐

반 그릇도 남을 양을 한 그릇씩 놓고 앉아
한 술을 덜어주려
반 술은 흘려가며
간간이 마주 보면서 파아 하고 웃는다

해는 무장무장 기울어만 가는데
최후의 만찬 같은 이승의 저녁 한 끼
식탁 밑 꼭 쥔 두 손이
풀잎처럼 떨고 있다

# 칠정

**김윤숭**


정인 노릇 숙명이다 한 남자의 투명인간
소녀 시절 예감했다 숨겨논 여자 될 걸
청춘을 다 보냈건만 돌아온 건 칼바람

정인 구실 운명이다 또 한 남자 그림자로
쌍다리 삐끗하니 중년의 안팎 상처
머리채 쥐어뜯긴 날 돌아보니 텅 빈 하늘

정인답게 사는 거야 운명이 가를쏘냐
십오 년 쌓인 정분 만정이 떨어질까
첫정에 여생을 건다 돌이킬 수 없는 정

# 땅끝에서

**김일연**

울돌목 깊은 바닥 물살 굽이치지만

땅끝 바다 잔물결은 반짝이며 흐른다

내 안에 깊은 곳 어디, 그대를 생각한다


그대 거기 있기에 슬픔도 견딜 만하고

디디고 선 땅 끝에도 하늘이 있는 것이다

바람이 조금 숙지고 밤이 맑아 별이 떴다

# 두루마리

**김정숙**

두루루 감겼어도 결코 무르지 않으리라
소리 없이 뜯기며 궂긴 세상 닦으시던
어머니 무채색 삶이 또 한 자락 풀리고.

처음부터 그 심중엔 아무것도 없었을 거야
바람이 들고 나며 풀무질해대는 동안
가뿐히 야위고 마는 하얀 생의 저 길이.

# 하얀 민들레

**김진수**

긴, 군홧발에 무참히 짓밟힌

오월은 여전히 납작한 황토 무덤

망월동 그 허름한 비석 아래

그래도 꼿꼿한

그래도 꼿꼿한

# 겨울 너와집

**김창근**


잣눈에 반쯤 묻힌 너와집에 들고 싶네

해묵은 시름마저 고콜 속에 불사르면

흰 연기, 까치구멍에서 광목처럼 펼쳐지는


마지막 소망 하나 그래도 남겠거든

화티의 불씨마냥 가슴속에 품은 채로

눈 쌓인 화전밭 고랑에 파묻혀도 좋겠네


어느 봄 새싹 돋듯 그 불씨 되살아나

양쪽 어둠 밝혀주는 두둥불로 피어난다면

설피를 그냥 신은 채로도 기꺼이 묻히겠네

# 신지도의 밤

김해인

1
삼겹살
냄새에
기웃거리는
달빛 별빛

백사장
낮은 곳에서
입맛 다시는
숨비기나무

사구砂丘를
오르지 못해
안달 난
밤바다

2
밤새 시도하다가 뒷걸음치는 바다

앞걸음도 뒷걸음도 한결같은 동국진체

습관은

못 바꾼다니까,
명사십리 저 바다는

# 그리운 삽화
## ─우체통

**박권숙**

우체통에 편지가 동백꽃처럼 떨어질 때
바람 부는 지상의 모든 길모퉁이엔
동봉한 낮과 밤들이 낙화처럼 쌓인다

기다림을 피워 올린 꽃나무 한 채로 서서
꾹꾹 삼킨 붉은 사연 목까지 차오르면
행간의 빈 우물마다 흘림체 달도 비쳐

이승이란 우체통에 마지막 말 부치고
투신한 한 친구가 오늘 아침 신문에서
송이째 동백꽃처럼 툭! 하고 떨어진다

# 뻐꾸기가 쓰는 편지
－먼저 간 아우를 어느 봄꿈에 보고

**박기섭**

뻐꾸기 봄 한 철을 갈아낸 그 먹물을 내가 받네 내가 받아 한 장 편지를 쓰네 어디라 머리칼 한 올 잡아볼 길 없는 네게

너 있는 그곳에도 봄 오면 봄이 오고 봄 오면 멍든 봄이 멍이 들고 그런가 몰라 서럽고 막 그런가 몰라 꽃 피고 또 꽃 진 날에

너 나랑 눈 맞춰둔 그 하루 그 허기진 날 말로는 다 못 하고 끝내는 못 다 하고 꽃이면 꽃이랄 것가 꼭 꽃만도 아닌 것아

너 다녀간 꿈길 끝에 찬비만 오락가락 오락가락 찬비 속에 목이 젖은 먼 뻐꾸기 젖은 목 말리지 못한 채 먹점 찍는 먼 뻐꾸기

# 서천

**박명숙**

누군가 냇가에서 빨래를 하나 보다

주저앉아 몸 깊은 곳 소식을 씻나 보다

콸콸콸, 노을 쪽으로 여름날이 넘어가는데

그 여름날 살 속 깊이 칼집이 들어선 듯

쓰라린 소식들을 저물도록 치대나 보다

적막한 서천 물소리 대숲을 구르나 보다

# 신윤복 〈단오도〉 속 동승이 되어

**박성민**


큰스님 호통을
꼭뒤에 떨쳐두면
굽이굽이 시냇물은
희희낙락 달려가고
심장을 벌렁거리는 봄바람도 불어라

요놈들!
여기에서 관음을 구하다니
바위틈에 숨어서 몰래 보던 허벅지

후다닥 몸을 숨기게
뻐꾸기는 울어라


그네마다 낭창한 봄
나긋나긋 오는가

얼비친 젖가슴이, 아, 저런, 조금만 더…….
꼴까닥 침 삼키듯이 저녁 해가 넘어간다

# 고백

**박시교**


오대산 월정사에 들렀던 오래전에

팔각의 소슬한 그 탑 아래 섰을 때

불현듯 주체할 수 없는 도심盜心이 일었지

그 여러 층 가운데 한 층을 슬쩍해서

보료로 삼아서 깔고 앉아 지내왔는데

탑 위에 떠 있는 기분 그렇게 살았지

호사도 오래되면 싫증 나는 이치 따라

이제 그만 제자리로 돌려주려 하는데

지금의 내 힘으로는 옮길 수가 없네

# 민달팽이
– 일자리

**박연옥**

이른 아침 집을 떠난 끈끈한 뒷모습이
미로처럼 촘촘한 도시 골목 누빈다
온몸이 눈물이 되어 또 다른 길을 내고

제 슬픔 긴 그림자 혼자서 끌고 가는
취한 듯 비틀대다 어둠 속을 벗어나면
또 다른 내일이 있다 삶이란 오랜 극장

# 고소하십니까

박희정


깨소금 볶으면서 무성한 소문 볶습니다

무성한 소문 볶으면서 뜬금없는 냄새 맡습니다

말 속에 흩어진 의미,
씁쓸하거나 고소한지요?


봄나물 삶으면서 왁자한 가십 삶습니다

왁자한 가십 건져 조물조물 무칩니다

행간에 새겨진 중의衆意,
쫄깃하거나 물컹한지요?


410

# 표류하는 신발

**배경희**


이탈리아 해안가 발견된 신발 하나
발목이 들어 있다 잘린 면이 깨끗하다
단면은 의문이 된 채 거슬러 올라간다

해류와 바람을 용의 선상에 올려놓고
고사리 포자들까지 단서로 지목된 채
수사는 물살을 타며 국경까지 넘어간다

신문에도 뉴스에도 햇빛 비명만 있을 뿐
미궁의 파편들은 심해까지 들어간다
형체만 겨우 남아 있는 수수께끼 난파선

소리 없는 울음들이 끝까지 흔들리다
모래 속에 삭아가는 난민들의 신발들
때때로 떠오른단다 기억도 목이 메면

# 골품의 나라

**변현상**


나라 속의 다른 나라 혈통 다른 성골인가
물그릇에 동동 뜨는 그들은 기름인가
살과 뼈 섞지도 않는 그들은 누구인가


110만 청년 실업 손목 묶은 올가미와
굶주린 허기마저 잊고 사는 애완견들
애견 숍shop 좁은 점포가 낙원인 줄 알다니


거실 안과 마당이 근무처가 다르다고
똑같은 개였으나 같은 개가 아니라며
정규직 호패를 차고 성골 진골 재고 있다

# 벙어리묵

**서숙희**


들을 줄도 말할 줄도 모르는 그녀가
가득히 묵을 쑨다 귀 닫고 입 닫은 채
먹먹한 울음 한 솥을 순명처럼 젓는다


뚝뚝 부러져 붉게 갇혔던 음절들이
스스로 천천히 제 몸을 열고 나와
고요한 몸부림으로 뜨겁게 엉겨든다


원망도 가라앉고 사무침도 잦아들어
마침내 한 덩이 침묵으로 앉았으니
이 세상 달변과 함성, 죽은 듯 파묻혔다


소리를 다 삼킨 빈 욕망 같은 저것은
아득한 동굴이다, 그녀 안에 깊게 앉은
한 채의 적막강산이다, 그녀가 살아 나온

# 달빛 헤어살롱

**서정화**


보랏빛 윤기 도는 물결펌을 주문한다
염모제를 반 붓고 달빛 섞어 반죽한 뒤
꽃그늘 볼에 감기어 해진 상처 감싼다

낯익은 뒷모습 서걱대는 가위질 소리
차가운 거울에 비친 달뜬 내 얼굴이
물낯에 흔들리는지 달무리로 젖어든다

결마다 얽힌 것들 숱을 쳐 잘라내고
샤워기 물구멍에 별빛으로 쏟아내며
헤매고 뒤엉킨 일들 한데 모아 헹군다

참빗에 곱게 빗긴 별떨기 흩날리고
그믈어도 살금 딛는 단잠을 기다리며
그믐밤, 북두갈고리 눈썹달을 이고 간다

# 한옥마을*

**신강우**


효도의 짙은 향기
잡힌다 물씬물씬
아낙네 수줍음이 사립문 서성댄다
티 없는 남루의 고요
돌부처를 닮는다

흰옷으로 살아온
아름다운 그림자들
이끼 낀 골목마다 숨어서 손짓한다
하늘을 담고 키워온
뿌리가 튼튼하다

* 함양에 있음.

# 미생 바이러스

**신필영**


과녁 물지 못하고 허방 어디 나자빠져
부르르 떨리는 몸 홀로 달랜 맨손 찜질
뭇매를 겁내지 않아
굳은살도 얻는구나


초록을 핑계 삼아 꽃잎마저 뱉고 간 봄
가당찮이 한눈팔다 무르팍만 깨진 것아
울어라 하늘 닿도록
네 뜻 내가 알리니


염치없는 지름길이야 한 발인들 디뎠을까
실패에 맞서고 싶은 이 용하고 미욱한 것
분명코 배후 따윈 없다
왕성하게 살아날 뿐

# 석이石耳

**염창권**


소문을 견디려고 한쪽 귀를 잘라냈다

달빛은 길을 핥으며
오랫동안 헛헛하였다
돌 속에 누운 여자가 몸을 앓고 있었다

달무리 서는 밤엔 핏줄 속에 바람 일고
숭숭한 골짝으로 여우가 출몰했다
차갑게 이운 가을 물에 숲은 다시 가물었다

달안개 속, 뚜벅뚜벅 발자국을 찍고 간 뒤
누워 있던 여자의 귀가 조금씩 자랐다

여우가 울고 간 밤엔 무서리가 내렸다.

# 만해를 만나다

**오영호**

8월의 하얀 바람
대청봉을 넘고 달려와
산문 연 백담사의 풍경을 울릴 때
내설악 큰 바위들이
메인 발을 들썩이고.
그때 노송들도 향기 풀어 귀를 세우고
한 옥타브 내려서는 숲의 말매미 소리
만해의 서슬 푸른 말씀
철새들이 물고 난다.

평화의 기도인가
품어 안은 '님의 침묵'
빈 걸망 짊어지고 어디쯤 가고 있나
70년 삭히고 삭힌 그 만세 소리 들리는가.
둥둥둥 쇠북 소리 끌고 온 새벽빛에
민통선 장막 걷고 나래 펴는 텃새들
심우장 북창을 열고
오도송을 듣고 싶다.

# 접힌 몸 걸어간다

**우은숙**


앞서 가는 김 반장의 바지 주름을 본다

견고한 오기로 시간 세는 무릎 안쪽

굵직한 하루를 접은 또 한 줄이 보태진다


어제를 증명하는 흘림체 이력 위에

노사 문제, 임금 문제 주렁주렁 매단 채

오늘도 여러 겹 접힌 몸 흔들며 걷는다

# 북두치성 당신은
－어머니

**유병옥**

어스름
쪽배 하나
풍랑에 젖을까 봐

정화수
촛불 밝혀
사립에 등대 켠다

밤새워
뱃길을 여는
북두치성
당신은

# 물의 경전經典

유재영


1

매일 밤 참방참방 우물 속 푸른 별빛

맑은 물에 몸을 씻고 풀꽃 같던 아이들

그들도 다 떠나가고 혼자 늙는 고향 우물


2

찻잔에 잠긴 달이 탱자처럼 따뜻해

단풍잎 등燈을 걸고 마주한 손님이랑

두 손에 모이는 온기 달도 함께 마신다


3

구름도 스님 닮은 오목한 백담 계곡

맨발로 삭발 한 채 울먹울먹 흘러와서

바위에 구멍을 내고 뼈로 우는 물소리

# 톱니바퀴

**윤금초**

톱니가 톱니끼리 극서정시 쓰나 보다.

맞물려 돌아가는 凹凸의 능놀던 한때

우리네 깍지 낀 이생도 극서정시 쓰나 보다.

# 나뭇잎 차일

**이남순**


한낮 뙤약볕이 등허릴 후려쳐도
겹겹이 바람을 당겨 잎잎이 몸 세우고
하늘도 어쩌지 못할 차일 한 채 짓고 있네

쪽잠 든 저 노숙 단꿈 하마 깨일까
뒤척이는 그와 함께 너울너울 품을 열어
불볕을 삼키고 있네, 초록의 한낮 고요

노을 자리 번져들 때 그도 갔다, 붉은 길을
굽어진 저 행로에 햇살 기운 그늘 한 채
그 먼 길 상여도 없이 나뭇잎에 덮어 가네

# 낮꿈

**이달균**

더 오래 어둡고 흥건한 잠이었어. 수초는 부드러웠고 냄새는 향그러웠
어. 조금씩 젖어들면서 목울대가 잠겨왔어.

녹슨 금관이던가 떨리는 현이었던가. 이윽고 몽롱한 낮꿈에서 깨어난
순간, 홀연히 시간의 꼬리가 달아난 순간이었어.

처음 네 몸속으로 깊숙이 들어가 본, 그 밤 따뜻했던 물관부를 떠올렸
지. 이불을 더 위로 올려 깊은 숨을 쉬었지.

쇠골을 드러낸 채 낮은 문을 열었어. 까마득 존재마저 잊었던 사람에
게 무작정 주소 불명의 편질 쓰고 싶었어.

설레고 고단한 잠, 길 잃은 한낮의 꿈. 긴 늪 혹은 숲길, 홀로된 타인이
었다가 표백된 자작나무처럼 아득히 서 있었지.

# 빗방울, 꽃살문 두드리다

**이두의**


갓밝이 피어나래 여린 살 두드리는

찬 손가락 너를 따라
하롱하롱 뛰어내려

아슬한
경계 넘나들 때
부서져 발효될까


봄 멀미 절정의 순간 기루어지는 날에

수런대는 초록 발가락
나무뿌리 스몄다가

농염한
열매로 익어
하, 기쁘게 떨어질까

# 이태리 면사무소

**이송희**

면장님은 오늘도 긴 면발을 뽑는다

이태리 면민들의 무병장수 기원하며

천 년 전 실크로드의 시간들을 돌돌 만다


면사무소 책상 위에 민원들이 쌓일 때마다

몇 가닥 희망도 불려 반죽을 치대던 소리

면장님 파스타에 감겨 배가 부른 골목들

# 공약

### 이승은

멧부리 노루막이
그런 곳은 차치하고

벼룻길 안돌이
그 어디 후미진 곳

눈 젖은 감탕 속에 든
사금砂金이라 믿었건만,

꼭, 그렇게 하겠습니닷!
똑 부러진 말을 하며

한 번 더 단호하게
손을 번쩍 올리고도

번연히 깨지는 것이
약속인 걸 아시는 분

# 티끌

**이승현**


빛과 어둠 충돌하여
하늘 갈라지는 날

목적지 입력 안 된 타임머신을 타고 온

혼돈의
자궁이 낳은
벼락 맞은 꽃이다

유성우 쏟아지며 튀는 불꽃 속에서

햇살 부서지는 바다 위 증발 속에서

쉼 없이 썼다 지워지는 내 이력 속에서……

빅뱅의 소용돌이에
좌표 잠시 놓쳤다만

인연의 빛줄기가 새겨논 표식을 찾아

이 한 몸
티끌이라도
항성恒星으로 떠 있고 싶다

# 첫사랑

**이우걸**


배경은 노을이었다

머릿단을 감싸 안으며

고요히 떴다 감기는 호수 같은 눈을 보았다


내게도 그녀에게도

준비해둔 말이 없었다

# 퍼펙트

## 이정환

나는 이 봄날에 몹시 몸이 달아올라
오래 기다렸던 퍼펙트를 노래하련다

참으로
이루기 힘든
너를 노래하련다

11점에 당도할 동안 한 점도 얻지 못하면
그 세트는 퍼펙트다 네가 내게 늘 그랬다

한 점도
얻지 못한 나는
깊은 어둠이었다

나는 이 봄날에 자목련을 그리려 한다
한번 피고 나면 곧장 지는 너의 얼굴

눈 속에
심부의 안쪽에
새겨두기 위해서다

만개 직전이 곧 자목련의 퍼펙트다

그런 연후에는 내리꽂히는 급전직하

떠나는
너의 뒷모습도
늘 슬픈 퍼펙트다

# 오디를 따 먹는 날

**이태순**


어미의 앞섶 같은
찔레꽃 핀
무덤 근처

뽕잎을 헤쳐가며
오디를 따 먹는다

어미의
그 젖비린내
흰 앞섶이
까맣다

# 벼르고 한 말

**이태정**


두고두고 쌓아둔 말, 할 말이 참 많았다
그 많던 말들은 어디에 다 숨었나


한참을 머뭇거리다 한 말


밥은
먹고 다니니

# 앵통하다, 봄

**임성구**


우물가 앵두나무가 뽑히던 컴컴한 봄
꽃의 대중들은 못 들은 척 고개 돌린 채
잘났다 제 잘났다고 빨갛게들 떠든다

앵두 젖 훔쳐 먹은 달콤한 올가미들
순해서 푸른 달아 기도문만 외지 마라
운주사 석가모니는 왜 여직 주무시나

바들바들 떨며 진 한 송이 사람의 집
온몸이 녹아내린 식초 같은 절규인 양
화구구火口丘 앵두꽃 무덤에는 재 냄새가 진동한다

# 붓꽃

**임채성**


사월의 뒷담화가 산과 들을 쑤석댄다
칼끝보다 더 매서운 붓 한 자루 섬기던
이 나라 여린 풀꽃들 우듬지를 세울 때

오월의 절규인 듯
유월의 격문인 듯
뜨겁게, 뜨겁게 솟구치는
탈고 안 된 문장 하나

쓰다 만
시의 행간에
피를 왈칵!
토한다

# 거미의 집

**장영춘**


비바람 뚫고 나온 천백도로 생태습지
보랏빛 꿈 하나를 고명으로 얹어서
손톱이 발갛게 짓무른
거미집을 보아라

행간마다 촘촘히 쓰다 지우고 쓰다 지운
구겨진 백지 위에 덜 여문 흔적들이
허공 속 이슬방울로 씨줄 날줄 엮었네

한때, 반짝이는 것 그림자를 남기지 않듯
안개비에 퉁퉁 불은 여름날의 짧은 낙서
다 찢긴 그물망 사이
열꽃으로 피었네

# 환향

## 정수자

속눈썹 좀 떨었으면
세상은 내 편이었을까

울음으로 짝을 안는 귀뚜라미 명기鳴器거나 울음으로 국경을 넘은 흉
노족의 명적鳴鏑이거나 울음으로 젖을 물린 에밀레종 명동鳴動이거나 울
음으로 산을 옮기는 둔황의 그 비단 명사鳴砂거나 아으 방짜의 방짜 울음
같은 구음口音 같은 맥놀이만 하염없이 아스라이 그리다가

다 늦어 방향을 수습하네
바람의 행간을 수선하네

# 겨울 연밭

**정용국**


하늘을 덮을 기세 흙 속에 묻어두고
연못과 하나 되어 가만히 숨을 거둔
실한 몸
다 주고 남은
기우뚱한 저 어깨

흐느껴 울지 않고 침묵으로 부른 노래
천상의 큰 그늘로 오욕까지 다 덮었네
버리고
또 버려 얻은
저 환한 흑백 추상

사나운 세상 소식에 지긋이 귀를 닦고
달그락 연밥 소리엔 그나마 슬금해져
눈 이불
따듯이 덮고
언 밤을 건너가는

# 밥그릇

**지성찬**


아침저녁 밥을 담는 만만한 게 밥그릇이다
매일 물에 씻고 닦다 보면 흠집이 나
싸구려 물감으로 그린 이파리도 뭉개지고

잘생긴 뽀얀 얼굴 그 비싼 도자기야
물 한번 안 묻혀도 귀한 대접 받으면서
깊숙한 진열장 속에 송장처럼 지낸다

# 용문산 은행나무

**한기수**


태고의 마른 가지 격구로 박히어서
역사의 기적인가 염불 소리 들으며
많은 말 만들어주는 은행나무 되었네

먹은 물 수만 드럼 삼킨 바람 수만 채
그 누가 이 나무를 나무라 말을 하랴
누대의 수천 년을 더 꿈꾸는 은행나무.

# 넝쿨손

**한희정**


빈 집터 하늘 닿을 듯
휘휘
오르는
저거


이가 없어 먹지 못해 손녀딸 쥐어 쥐던,


할머니 마지막 길에
놓고 떠난
꽈
  배
기
   과
자

# 사월, 우도

**홍경희**


바다를 앞에 세운
가마우지 발자국 따라

속절없이 떠날 사람
손 놓고 보고 앉은

먼발치 눈물 번진 자국,
장다리꽃 피었다.

# 바람의 머리카락

**홍성란**


대추꽃만 한 거미와 들길을 내내 걸었네

잡은 것이 없어 매인 것도 없다는 듯

날개도 없이 허공을 나는 거미 한 마리

가고 싶은 데 가는지 가기로 한 데 가는지

배낭 맨 사람 따윈 안중에 없다는 듯

바람도 없는 빈 하늘을 바람 가듯 날아가데

날개 없는 거미의 날개는 무엇이었을까

눈에는 보이지 않는 무언가 있다는 듯

매나니 거칠 것 없이 훌훌, 혈혈단신 떠나데

# 겨울 천리향

**홍성운**


『21세기 자본』*을 읽다 마당에 나갔더니
돌확에 고인 물이 아직 얼려 있다
그 곁에 작은 천리향
빙점에서 짙푸른

조금은 알 것 같다, 몇 년째 저랬으니
모두들 움츠릴 때 외려 몸을 추슬러
체온이 데워진 봄날
빈터 와락 물들이겠다

'자본의 무한 축적' 내 생각 예서 멈춰
오체투지 굴뚝농성 꽃망울들 신산하다
천 리 밖 살얼음 어는
겨울 강물
겨울 자본


\* 토마 피케티의 경제학서.